刘珍与范明

庞羽 著

作家出版社

13

个与南京相关或者不相关的新故事

个与九〇后刘珍和范明相关或者不相关的新故事

个与年轻人婚姻爱情生活相关或者不相关的新故事

序言

浸润在婚姻的真相里

四川已近四十摄氏度的体感温度，我是在飞回北京的航班上读完庞羽的《刘珍与范明》。在高温情况下，适合看她的这些故事，童年、婚恋、戏剧，落在发白的电子屏上有一层眩晕的水雾质地并拒绝最终的成像。

庞羽的小说像个水容器。小说中的文字利落、幽默，聚焦于生活的某个切片，落入容器中便迅速地扩散开。你知道它最终的形态，却无法得知成形的过程，我想这是文字之所以让人沉浸的原因之一。

陀思妥耶夫斯基在《白痴》中写过一个

因与情人私奔被村民厌弃、隔绝，最后在同村孩子们的陪伴中病死的妇人形象。"请你们相信，多亏那些孩子，她死得几乎很幸福……"小说这样写道。我读的小说并不多，我以为的文学时刻就落在"几乎"这两个字上。庞羽的文字给了我很多这样的时刻。同样，她的文字具有十分强烈的可视化特点，我在阅读过程中脑子里无数次闪过维姆·文德斯的镜头，一种近乎是以节奏为中心的表现主义风格，而结构上的清晰，对文字处理的多义性又让它呈现出古典乐式的精确美感。

有趣的是，我关注到她的文字里，真实世界的自然力无处不在。力的背后，时而是符合物理原则的混沌系统，时而是如有神灵的超自然驱动，因这些力的相互作用让名词有了密度。当水珠、粉尘、浮木与人物一同震颤、交响，我们的处境便也有了具体的回音。

读之前，我被告知庞羽的这部小说是以"婚姻"为故事基底的，但当我以这个预期深读下去，发现在缜密杂糅的线索之下，线的另一头引向的却是文本之外的历史空间，生于太空时代的这几辈人特有的乡愁。那是一种在宇宙尺度下，时空规律被无限压缩后，探知到的具体生活。那是关乎一条河、一阵风、一团火、一群意识和一堆造物的体感真相。在此之上，是文学的意义，也是做饭的意义；是创作的意义，也是跃起或躺下的意义。我从一双眼睛里看到另一双眼睛所构建出的世界轮廓，每一笔不是出自我手的记忆线条都让人感受到被分享的亲近。

飞机在零点一刻落地。走出机舱时，一对男女起了争执。女生似乎弄丢了什么东西，一脸急切地责怪男生；男生压着情绪，没有回应，低头看手机。我回想起一些事情。出站了，他们没有和好。

风黏着也许是机油或者轮胎下的泥垢吹来，我闻到了动物园的味道。那是离家的反方向，但我想要去确认一下。

唐映枫

2025. 6. 16 于北京月亮河

目录 Contents

冒牌新娘 / 001

动物园大堵车 / 024

他们在跳舞 / 047

消失的骨头 / 068

巴塞罗那的人 / 087

如何在游乐场度蜜月 / 105

一枪崩了月亮 / 125

只有几年可穿好衣服了 / 144

跳火圈 / 163

长距离游泳 / 182

黑暗中的小跑 / 201

吃喜宴的女人 / 221

牛奶公司放假了 / 239

后　记 / 258

冒牌新娘

我已经活了二十七年。这二十七年没什么变化，我只是将一个蛋糕平均分成了二十七份，每年取出一块而已。后面九块是在南京取的。我很想找个人陪我一起吃蛋糕，没找到。南京城这么大，大家蛋糕都吃腻了吧。不过，一起吃的蛋糕也没有多甜蜜。范明打电话给我，他到嘴的蛋糕飞了，让我帮他捡起来。

范明是我表哥，是我妈妈的姐姐的儿子。每次和人解释，我都把这句话说完整。我跟妈妈的姐姐、爸爸的妹妹没什么交情，也许我出生时她们给我塞过红包，不过我都不记得了。

不记得就代表没有，这是我妈的逻辑。我给我妈买过围巾、帽子、包包，她都不记得了。提起我，她都是满脸的失望。我懂，年近三十了，事业没有，爱情更别谈了。她老人家，总是拿我和范明比较，你看，人家是公务员，女朋友快和他结婚了，女方家里有四套房，老丈人是国企一把手。听到这儿，谁都能明白，有的蛋糕吃不起。

我妈妈的姐姐、爸爸的妹妹，包括舅妈的表亲，都给我介绍过对象，我和人家吃两顿饭，就各自作揖了。七大姑们总认为是我的问题，说实话我没什么问题，和那些男孩聊聊天，谈谈工作，说说爱好，喝杯咖啡，没有什么非要去做的事，也没有什么非要去做的理由。男孩们也觉得我尚可，最多聊上一星期，就奔赴下一个目标了。我理解他们，在这个什么都讲求效率的时代，爱情只是咖啡上的一层糖霜，该冷的还是会冷，该苦的还是会苦。

答应范明的请求，可能并不是我的本意，但我也没有理由拒绝他。他是我在南京唯一的亲人，还是个前途光明的公务员。不过，发生这种情况，他第一时间找到我，我还是有点感动的。其实也谈不上感动，顶多是一点窃喜，窃喜于自己的重要性，也窃喜于他的遭遇。我承认自己的卑劣，也承认这种卑劣的普适性。

真可惜啊。妈妈在电话那头感叹。

不容易啊。我也感叹。

什么不容易？妈妈反问我。

我耸耸肩。我妈是看不到我的动作的，毕竟离我最近的血亲是范明。

我如约赶到了江苏省大剧院。这次的活动规格还挺高的，据说会有省里的领导来。我对范明有了一点同情，为了仕途，为了单位的面子，他带着表妹来参加集体婚礼。当然，集体婚礼不是主打戏，前面有唱歌、朗诵，但毕竟是最后一个项目，压轴的。如今这样的大型活动少了。进入剧院后，我摘下了口罩。这段时间，我鲜少出门，七大姑们热衷的话题也从我身上挪开了。

过了一会儿，范明也到了休息室。

刘珍，最近怎么样？他问我。

能怎样，买不到新鲜蔬菜，吃了四个月外卖，胖了十斤。我用一句话概括了我的小半年。

我是说，范明顿了顿，你还行吧？

我不知道如何回答这句话。要是在某个下雨的星期天，或者某个堵车的夜晚，某个被锅铲烫伤的瞬间，范明，或者任何一个陌生人，问我这句"你还行吧？"，我都会鼻子一酸，眼泪打转。现在不行了，我成了新娘，一个能开启新生活的身份。虽是假冒的，但我也替换掉了这个世界上某人应有的位置。这对于范明来说，是一个结束；对我来说，是一个开始。

我和范明并排坐在一起，我想现在应该是我开口，不过我没发声。七大姑们好奇的事，我没有义务做一个喇叭。我起身倒了杯水，想把自己的疑问晾晾干净。范明坐在那里，盯着手机的黑屏看了好一会儿。

口罩够吗？范明问我。

刚开始紧张，现在好多了。我啜了一口水，满脑子都是影视剧里青年男女分手的场景。有的是因为劈腿，有的是因为三观不合，有的是因为现实问题，有的仅仅是因为男生不够有趣。我不知道如何定义"有趣"，如果我认为云朵像白塔，而他认为云朵像把扫帚，那到底谁才是那个有趣的人呢？这些我不懂。在七八年前，我还在金大上学，和俞红讨论过这个话题。最后俞红用参照系不同做了定论。她告诉我，决定一件事物的往往不是事物本身，而是他们选择的参照系。比如一个年轻漂亮的女孩，谈多了高富帅，那她以后大概率不会瞧得起潜力股；一个聪明帅气的男孩，如果并不以女孩的外在为标杆，那他大概率不会剩下。

关于爱情这个话题，我和俞红谈得不少。从奶茶谈到火锅，从厨房谈到卧室。俞红是个可爱的姑娘，就是有点胖。那年毕业季，我有好些东西需要带回老家，范明借了朋友的车送我。俞红把挂在她床头四年的风铃送给了范明。后来范明把风铃挂在了我家的晾衣绳上，每晾晒一件衣服，风铃就震动一次。风吹多了，风铃褪色了，然后又断了。

休息室陆陆续续有人来了，都是成双成对的。女孩子长得都很普通，有的高，有的矮。俞红告诉我，世界上任何形状的胡萝卜，都有自己的坑，但有的找错了，有的错过了。我不知道我是否错过了自己的那个坑，命运可能给过我机会。我也盯着手机的黑屏，里面是一个女孩的鼻孔，还有一张平平无奇的脸庞。就是这张平平无奇的脸庞，也被一个小男孩亲过。他是我的小学同学，送过我剪好的纸花，也给我带过茶叶蛋。他成绩不好，没考上好的初中。前几年，我才知道，他死了，开渣土车时太困，一头栽下了高速公路。

这件事我只告诉了俞红：一次教室停电时，我被一个人偷吻了。我相信就是那个男孩，我闻得到他嘴里茶叶蛋的味道，公园旁边的，五毛钱一个。老师很快回来了，带着两根蜡烛，蜡烛照亮了那个男孩的脸颊，毛茸茸的。我和俞红说，即使他去世后，每当我想起那个吻，都是开心的。我也不明白为什么开心，这种开心不平常，是那种泪水快要涌出的开心。

范明在和几个认识的人打招呼。这些新人来自江苏各个地级市，他们昨日到达南京，排练两天，演出后就回去了。说实话，我喜欢他们的新娘子那种饱满的、丰沛的、憧憬的神情，宛如回看十八岁时的自己。这个表情我曾在另一个男孩脸上见过，不是吻我的那个男孩，而是我想吻的一个男孩，那时我们都十八岁。我天天从他的教室旁经过，看见他穿上短袖、白衬衫、灰色夹克衫、蓝色羽绒服，还有一条红围巾。我围了近十年的红围巾了，爱情却依然没有"光临"我。俞红说，点背不能怨社会。我猛吸了一口奶茶，珍珠噎在了喉咙。

这是嫂子吧？一个男孩走过来说。

我点点头，握住了他的手。

谎言是可以和爱情并存的。俞红在第二次失恋之后，给了我这句总结。其实不算失恋，只能算：我不想和你玩了。是医学院的一个男孩，经常和俞红一起上自习。后来男孩考研成功，就不去那个自习室了。俞红拿着一个酒瓶，和我坐在金大的后山上侃了半天。她说她是要做女总裁的人，不能被凡夫俗子误了好事。我问俞红，谎言如何和爱情并存？俞红摇晃着酒瓶说，对于大部分人而言，爱情就是谎言。我要扶着她下山，她却倒了下来，在山上睡了一夜。那晚我没有合眼，并不是传言里怕后山上的野猪，而是觉得，那个晚上，我需要守候某个东西。这个东西很稀有，宛如天上的一点金粉。

集体婚礼的排练安排在明天。我和那些新娘子一起，去化妆间挑了婚纱。这是我第一次穿婚纱，我选择了第一次试穿的，也是试穿的唯一的那件。新娘们左挑右选，互相扣着身后的绑带，偶尔冒出一句尖叫、两声赞叹。这个场景让我对生活忽然有了向往。我提拉着婚纱的裙摆，走向我的表哥。

挺漂亮的。范明说。

我用手松了松身后的绑带。这本来就不是我的婚纱。

俞红约我今晚吃晚饭，你去吗？我问范明。一方面，他欠我一个人情，一方面，我卖给俞红一个人情，另一方面，范明现在是单身了，没有什么不可以。

范明摩挲着黑屏：我来请吧，不能让女孩请客啊。

我想俞红喜欢范明的也是这点。那年毕业季，他帮我搬东西，来来回回十几趟。我表哥模样和我不同，是那种周正，甚至说得上是帅的，身高也接近一米八。我妈告诉我，如果不是他前女友爽约，范明早就被抢走了，领导的女儿、老板的女儿、海归精英、名校硕士，都有可能。把范明介绍给俞红，是我的私心，内部消化嘛。

俞红穿了一身黑裙子，脖子上戴着去年"黑五"抢来的施华洛世奇，还没干透的耳洞上堵着两颗水钻。她和我礼貌地寒暄了几句。这不是平常的她，我也理解。俞红看着范明，我看着菜单。趁他们眼神闪躲之际，我点了八个菜。我怕俞红吃不饱。

后来我问范明，那晚俞红穿的什么颜色的衣服，范明想了半天，说不是灰色就是蓝色。我想俞红是穿错了颜色。我让俞红不要再纠结于颜色的事，她却甩了甩刘海，说马上高中同学聚会了，她要去聚会上好好展示展示。说实话，俞红已经付清一套小户型的首付了。当然，她也不居功自傲，她是去会会她的情敌们。班长、学习委员、数学课代表，他们都带给了俞红不少情敌。关键是那些男生还不承认。俞红告诉我，她那时年纪小不懂事，是成年之后才喜欢上我表哥的。我恭喜她成年了，她撇撇嘴说，还得成人呢。我问她怎么成人，她眨眨眼：你懂的。我说我不懂，我连男生的手都没牵过。俞红抢过我的手机，下载了软件"陌陌"，鼓励我引进来，走出去。我二话不说就删除了。

　　　　　　　　　　　　　　冒牌新娘

俞红不是个传统意义上的好女人。

对于范明和俞红的关系，我本来就没有多少胜算。以我的相亲经验，范明只要肯，一天相一个不是问题，俞红就寥寥了，一个月一个还是多的。也就是说，在一个月内，俞红只能选择范明，而范明必须在三十个女生中找出俞红。俞红没那么好找，如果再胖点，范明恐怕能一把把她揪出去，扔到人群外。

这是个概率问题，俞红没有和我细究。如果我和她讨论飞碟、毕加索、虫洞超越或者达尔文是不是外星人之类的问题，她能滔滔不绝和我侃上一个下午。侃完，我会问俞红，对于爱情，究竟是好看的皮囊重要，还是有趣的灵魂重要？俞红想了想说，有了前者，后者是加分项，有了后者，前者是必需项。我说男人挺会挑嘛，必须要好看，有趣倒可有可无。俞红耸耸肩，说岂止男人，我们女人也爱看美女啊。然后我们就开始给自己化妆，化成猴屁股后，再开十级美颜自拍。俞红说，男人有 AV，我们有美颜，都是"意淫"出来的产物。

我很庆幸有这么一个清醒的朋友，洒洒脱脱地就把范明放生了。我没多问范明，还有两天，他就要"结婚"了，和他的亲表妹。在古代，恐怕能假戏真做；在现代，我们只能逢场作戏。集体婚礼愉悦了哪些人，我无法确定，但它一定程度上升华了某些一成不变的日子。我穿着婚纱坐在化妆室，每一面镜子上都有十二个灯泡，把每个新娘都照得玲珑剔透。我看着镜中的自己，想起了那些无法回溯的青春时光，咽下去的眼泪，转角消失的爱人，梦中都来不及张开的怀抱。它们在我生命里喊了几声，又消失在茫茫的时空隧道，以至于回想起来时，我无法确定它们曾经是否存在过。而恰恰正是这些没法确定的人、事、物，给生活粗糙的底色抹上了一些光亮。

在想什么呢？范明刚从厕所回来，手指上粘了薄薄的一小屑纸。换作以前，这是不会发生在他身上的。我突然对我的这个表哥产生了好奇，他是如何出生，他是如何长大，他喜欢的玩具是什么，他爱的第一个姑娘叫什么，这些我从来没想象过。我只知道，范明是我的表哥，是我周围的同龄人都想成为的人。可大家都想成为的人，和我们一样，吃着平平常常的瓜果蔬菜，有着平平常常的爱恨情

冒牌新娘

仇，他也会哭也会伤心，他也会愧疚也会自豪。我注视着范明的瞳孔，一时不知道说些什么。

你别紧张啊，范明笑笑，我们走个过场就行了。

明白。我支吾了一声。

我不明白。我什么都不明白。为什么我们努力了小半辈子，拿到学位证，找到一份工作，有了体面的生活，而最终的目标却是嫁给一个有房子的有钱人。我不明白，我们会做题，会唱歌，会烹饪，偶尔画些水彩画，和三五好友结伴旅游，这种悠闲自在的生活会被父母认为是不务正业，会被同龄人认为是虚度时光，甚至我们自己还会被社会冠之以"剩女"的头衔。我们一没偷，二没抢，却仅仅因为岁月的流逝，要被放在货架上降价处理。我还是不明白。我只是长得不漂亮，身材没有别人好，还没有她们有才，更没有什么值得骄傲的物质资本，但我也是人呀，我也是会哭会笑的普通人啊，我也有我爱的人，我也有爱我的人啊，仅仅因为一些表面的、无法改变的条件，就要否认作为人类存在的我吗？

婚纱紧吗？范明放下黑屏的手机，问我。

还行。我说。

你有什么需求，就和我说。

我对这些没有需求。

范明垂下头，不知在想些什么。我也垂下头，看着手机黑屏映射的自己。承认自己的普通，本身就是一件不普通的事。我安慰自己。我出生时，没有金汤匙，也没有通灵宝玉，我只是普普通通的，妈妈的女儿，爸爸的丫头，奶奶的孙女，表哥的表妹。他们宛如细细密密的蜘蛛网，支撑着我不要掉下去。我妈告诉我，她生我的时候，足足努力了二十一个小时，我出生后，她抚摸着我的脸蛋，祝福我以后幸福快乐。如果以后，我能够被人喜欢，有了我们的孩子，和妈妈当初一样，我不奢求他成为宇航员、科学家或者富翁什么的，我只希望他幸福快乐，我希望他过上他觉得值得的一辈子，而不是违心追逐别人认可的家世、背景、身份、条件。那些东西只是人类社会的衡量单位，而它们无法丈量我们生命中的空气、水和阳光。

剧务人员来了，我们提着裙摆往下跑。因为裙摆太长，好几个新娘差点滑倒。我们被分成了两拨，一拨在舞台左边，一拨在舞台右边。我和范明在舞台右边等候，帷幔后的世界，黑暗、静默、干涩。其他几对新人互相搀着，或者拉着手，我却和我的新郎官无话可谈。

音乐响起，范明托着我的手走向舞台。他的手冰冷，又有纸一般的触感。

导演让我们拉手、拥抱，然后在舞台上跳舞转圈。我一一照做了。范明盯着我的鞋子看，我盯着他的衣领，顺着他的衣领看出去，电子屏幕上一片盛开的玫瑰。我想，如果范明愿意，我希望婚礼结束后，他能准备一束玫瑰，送给他的表妹。音乐声越来越急促，范明一手托着我的腰，一手搭在我的肩膀上。在轰雷般的背景音乐中，我突然想开口说话。

你还好吗？我问范明。

你说什么？范明没听见。

我说 —— 你还好吗？

我没什么不好的。

我说你妈还好吗？我妈常念叨她。

她啊，以前经常去跳广场舞，现在信佛去了。

信佛？

对。她说，自从信佛后，日子好过多了。

真有这么神奇？

她还认识了几个住持，你要是感兴趣，她可以带你去普陀山。

我去寺庙干什么？

这要看你求什么了。

我能再求个哥哥吗？

范明扑哧一声笑出来了。我突然发现他笑起来很好看，一排齐整的白牙。难怪小时候，长辈们都喜欢他。我妈常说，她姐姐好福气。我还不服，偏偏要把二年级的作业做到深夜十一点。我妈她不明白，我想占用她的时间多一点，不然她又去巷子口逗我的表哥了。我妈为此还担忧，怀疑我智商是否有问题。后来的十几年证明了我的智商没问题，但也没什么突出的地方。我上了个普通的大学，找了份普通的工作。范明不同，他是名校硕士，模样好看，还有一双修长的腿。我只能怪外婆太偏心，好基因都被他占去了。

音乐的高潮响起，范明用公主抱的方式，把我托了起来，转了两圈。这个是导演的要求，别的新人们或笑或叫，而我们两个，从抱起到放下，谁也没有吭声，也没有笑容。

大家再开心一点，好不好？导演挥舞着手里的节目单，拿着喇叭吼着。

好！和那些新人一起，我和范明喊着。

回到了化妆室，我脱下婚纱，穿上了日常的衣服，刚要走，范明叫住了我。

刘珍，我也是没办法。

嗯？

这个，我们单位就一个名额，我早早就预定好了，领导都批准了。这次演出，省领导都会来，我总不能缺席吧，这里面关系到很多人的颜面的……

我懂的。我大度地笑笑。

我拿起随身的包，刚要走，范明又叫住了我。

还有俞红的事，我不想伤害人家姑娘，我还没走得出来。

我也懂的。我又笑笑。

谢谢你的理解，妹妹。范明喃喃道。

我走到半路的脚突然挪不动了。原来我的哥哥，他也有领导，也有不得已而为之，也有悲伤痛苦，也有夜不能寐。他是和我一脉相传的兄妹啊。

我忍住鼻头的酸，转身给了范明一个拥抱。

范明似乎一愣。

你抱了我，我不能抱你吗，哥哥？

范明笑了，细腻洁白的虎牙。

我回到了我的出租屋，冰冷的冰箱，白色的瓷砖。我躺在懒人沙发上，一盏灯都没有开。我习惯了一个人独自坐在黑暗里。就像我还是个胚胎时，就开始适应了这种黑暗，模糊的、不确定的、紧密交织的，黑暗。它宛如一张细细密密的网，托住了我，又限制了我的飞翔。黑暗之外有声音传来，我妈，我爸，我奶奶。他们说我以后会是个聪明的孩子。我可能辜负他们了。我缩在了沙发里，抱住周身的黑暗。我相信黑暗有不同于光明的触感。光明是光滑微凉的，黑暗是黏稠温热的。阳台上有零星的霓虹闪烁，它们是极热又锐利的。沉溺于这样的黑暗之中，我本以为一切都会好的，可世界上的大多数人，都在日复一日，原地踏步。

手机响了起来，是俞红。

当新娘过瘾不？又是一个没心没肺的嗓音。

冒牌的能过瘾吗？我反问她一句，不过，要是你来当范明的新娘，哪怕是冒牌的，你也乐翻天了吧？

我似乎看见俞红噘了噘嘴：那可不一定，月亮还每天不一样呢，何况是我。

哦，是你呀，你又咋的了？

我他妈今天失了四次恋，你也不来关心关心我！

四次？这个频率有点高啊。

马哥烧烤，你给我十五分钟之内赶到。

俞红一声令下，我怎敢不从。我带了一整卷面纸，叫上滴滴就赶往失恋现场了。

没想到，迎接我的，是一个披头散发、衣领斜开、摇头晃脑的K歌女子。她一手持着凳子，一手用筷子划拉着：让我将你心儿摘下，试着将它慢慢融化，看我在你心中，是否仍完美无瑕……吃烧烤的、路边经过的，包括烧烤摊老板，都一脸好奇地看着她，老板是个满面胡子的大叔，一边笑，一边还用烤扦在铁架上打着节奏。

在这儿丢什么人啊？我拽下俞红的筷子，按着她坐下。

你终于来了啊，我打算，打算等见你最后一面，再去死的——

你喝了多少啊你？

报应，这个就是——报应！俞红竖起两个手指头，又弯下一个。

报应，什么报应？

我将俞红的饮料换成矿泉水，骗她是啤酒，然后两人撸着羊肉串对饮起来。

许是矿泉水的稀释作用，俞红的头脑逐渐清晰起来。

你怎么了？同学聚会发生什么了？

结婚了。俞红说。

什么结婚了？

班长、学习委员、数学课代表都结婚了。都他妈抛弃我了。还有我同桌，就是，就是那个特别喜欢我的男孩，他下个月也要结婚了，婚纱照都拍了。

你不是一直不喜欢他吗？难过啥？

新娘，新娘她都没有我好看！俞红拍着桌子长号一声，栽倒在我的怀里。

俞红一直在我家睡到第二天上午十点。我给她准备了热毛巾，还冲了一杯热可可。俞红伸着懒腰走出卧室：刘珍，我们睡都睡了，你可要对人家负责。

瞧你昨天那熊样。我喝着牛奶，不去看她。

俞红倏地跪下，抱着我的大腿哀号：我怎么样了啊？你觉得人家不可爱了？

倒是有人觉得你可爱。那个卖烧烤的大叔，非要和我要你的微信，我帮你打听过了，他1978年的，离婚三年了，孩子判给了女方，家里有两套房，其中一套正等着拆迁。你昨天唱的歌俘获了他的芳心，你要不要考虑下？

俞红不吭声了。我觉得膝下一紧，一看，她正在一根根地拔我的腿毛。

集体婚礼到了正式演出的时刻。我穿着紧身的婚纱，坐在镜子前，等待剧务人员的通知。范明依旧盯着手机的黑屏，目光涣散。

人家不发的话，你是等不到信息的。我小声对他说。

范明没说话。这时，一个新娘子喊了我的名字，让我跟她一起下楼化妆。我说不用，我不喜欢化妆。这个女孩搂着我的腰，说新娘子就要美美的。一瞬间我感到了内疚，所有人都以为我是范明的新娘。为了他的面子，也为了消解这种内疚，我跟着这个女孩走了。

你老公真好呀。女孩对我说。

好？我下意识问了一句。

不说长相，就说为人，我觉得他是个好男人。

是吗？我支吾着。

坐在一楼化妆镜前，我深吸了一口气，摘下了眼镜。眼前的一切都变得模糊。化妆师用各种粉浆往我脸上涂抹。我被安上了双眼皮贴、假睫毛、眼影、粉底、唇彩。我闻得见化妆师身上的气味，她中午吃了茶叶蛋。就是这股气味，让我想起了那个男孩，他在黑暗中吻了我，却将我永远留在了黑暗里。他从高速公路栽下来时，一定特别痛吧，在他最后的意识中，还记得他偷吻的那个女孩吗？他也是妈妈的儿子啊，他也可以成为儿子的爸爸啊。我鼻子一酸，眼角泌出了泪。化妆师低喊了一声，我用手掌扇风：太热了哈。她用纸巾擦去了我的泪，我的心头猛得一痛：那个喜欢扎红围巾的男孩，也该结婚了吧？我闭上了眼睛。化妆师用刷子刷着散粉。粉末落在了我的脸上，我想到了死亡，想到了爱，它们是这样猝不及防地洒落在我们的生命里。

站在帷幔后面，我们等着剧务人员的指令。依然是那样，新人们手挽着手。幕后的世界很黑。我想起了那些黑暗，淡淡的茶叶蛋的香味。

马上会切蛋糕的。范明说。

什么蛋糕？

集体婚礼蛋糕。每个人都会拥有一份自己的蛋糕。

我注视着范明的侧影。

你很像我认识的一个人。

谁？

一个曾经很重要的人。

你也是。范明垂下头。

不知过了多久，我在旋转的舞蹈中流下泪来。范明没有说话，我也是。我不知道泪为什么滚落，然而它们却不停地往下坠、往下坠。

动物园大堵车

　　范明和刘珍决定最后去一次动物园。刘珍去买了一些胡萝卜，范明去买了一些白菜。刘珍收拾了一下家里，棕色的布袋子里，有一袋胡萝卜，一袋白菜。

　　阳光照着，那些建筑物都被照成了扑克牌。刘珍模糊地辨认着，如果范明出梅花七，她会走进那个方块三大厦。她有一张红桃。范明坐在驾驶座上，宛如一张黑桃——她确定他是真的疲倦了，他的黑桃与她的红桃打成了平手。梅花与方块也没什么不同。刘珍靠在副驾驶座上，雨刷来回摆动着。范明的车就是这样，雨刷会时不时地刮一下。她清楚地看见了车窗上的梅花，那是几天前的雨水痕迹。另外的几撇显示，这是一个梅花A。在一些牌局中，它似乎很大，而在另外时候，它是一个比方块三还小的筹码。

车在行驶着。刘珍坐在车上，范明也是。他们的婚姻也在行驶，然后抵达。刘珍不清楚抵达哪里，她只是收拾好了自己的行李，再将结婚戒指放在范明的行李里。他们喜欢去动物园，这一年里，总是这样。第一次去那里的时候，正处于热恋中，结婚照还没有拍。他们约好以后经常来看那头大象。刘珍趴在栏杆上，看着大象吃苹果。还有一头大象，第二次去的时候，已经不见了。那头吃苹果的大象只剩了半截尾巴。

你确定它还在人象馆吗？刘珍问范明。

难道在水上乐园？范明反问刘珍。

刘珍不说话了。车在行驶着，它将会在动物园前停住，他们下车，步行去大象馆，看会儿大象，然后各自离开——似乎所有的事都是如此，活着也是如此。他们的人生交叉了一段，被大象用鼻子隔开。

熟悉的一切滑过去。那些楼栋、车辆、树木，正在被某种神秘力量重新切牌。

你买的白菜多少钱一斤？刘珍问范明。他们之间没有多少话需要再说了，只能说些无关彼此的话题。

三块五吧。范明说，市场价。似乎觉得说四个字太冷漠，他又加了几个字。

今天天气不错。刘珍说，预报说今天是个晴天。

天空挺蓝的。范明说。

云朵也挺白的。刘珍说。

车还在行驶着。他们俩又陷入了沉默。远处有个风力发电厂，那里有一排白色的风车，帮着白云来回剔牙。

你说，风车转一轮，能发多少度的电呀？刘珍自顾自地问。

八九十百千万左右吧。范明回答得有些敷衍。

—— 确实是这样的，轰的一下开始了，结尾只有涟漪摆动。

刘珍想起第一次遇见范明的时候，他穿着蓝色的外套、褐色的毛衣。她想起了天空和大地。范明和她打了声招呼，点了一些饭菜。这个人有点逗，开口就是名字、身高、体重。刘珍不知道体重有什么要紧，但感觉他就是一板一眼的人。于是刘珍也严肃了起来，连自己宠物猫的名字都交代了。

吃了十三顿晚饭后，刘珍的宠物猫跑了，他们俩订婚了。

刘珍曾经问过范明，如果他们分开了，他会做什么？

我会去买些绿植花草回来。范明回答得云淡风轻。

刚开始刘珍也不理解他的回答，真的决定分开时，刘珍准备再去领养一只英短，她还告诉范明，宠物店旁边有家花店，要不要帮他带点仙人掌或多肉回来。范明说他不喜欢仙人掌，喜欢多肉，因为它们的名字总是很别致。于是刘珍买了桃美人和天女冠回来。范明似乎很喜欢。后来它们都溺死了。

范明和刘珍骑着共享单车去了那家花店，范明买了盆仙人掌，刘珍在隔壁家宠物店买了只布偶猫。范明问她怎么不买英短，刘珍想了想说，这只布偶猫眼睛很蓝。他们

　　　　　　　　动物园大堵车

又骑着共享单车回家。路过一家煎饼摊时，范明买了个杂粮煎饼给刘珍，加了一根火腿肠。刘珍抽出火腿肠，逗那只布偶猫。猫叫了几声。范明也学着它叫了几声。两个人哈哈大笑。范明把自己煎饼里的火腿肠给了刘珍，刘珍又向摊主买了两个茶叶蛋。刘珍正入神地看着路边的霓虹招牌时，范明喊了一声，刘珍转过头，他朝她撒了一手的蛋壳碎。

刘珍把毛衣拧干净。范明在一边玩手游。当初见面的时候，他说过了，将来日子过得简单些。刘珍想想，将来的日子，无非就是他在一旁玩着手游，她在一旁搓着被他用茶叶蛋汁弄脏的毛衣而已。这没什么不好，刘珍挺喜欢这样的日子。直到他们俩都同意了分开。

那只布偶猫还用以前那只英短的名字，毛球。刘珍想象过未来岁月，她坐在摇椅上，旁边是美的取暖器，毛球躺在她的膝盖上打盹。范明可能在加班，也可能在打游戏或看电子书什么的。阳光斜照下来，毛球被照出了些许透明，像一团白色的火焰。有些日子，会被美好灼伤的。刘珍慢慢在摇椅上打起了瞌睡。这不，一睡，她头发都白了，燃烧着那段白色的火焰。

毛球活不了那么长的时间。为了避免那一幕的心碎，刘珍与范明离开了彼此。刘珍问过范明，这只猫叫毛球怎样？范明抬了抬头，又点了点头。那一瞬间范明还是爱着刘珍的。有些瞬间是转瞬即逝的，宛如夕光擦过玻璃。刘珍坐在未来岁月的摇椅上，看着太阳垂落。范明可能还在加班，或者在另一把摇椅边打手游，看电子书。毛球还在，不过是另一只布偶猫，或者英短，或者暹罗猫，或者或者，是一只金毛，一只鹦鹉，一只金鱼。

范明将猫屋组装好。刘珍才知道，屋子是可以拆装的。当初交换戒指时，刘珍和范明准备住在这栋房子里，工作、买菜、生儿育女，养一只宠物，偶尔出去旅游，在摇椅上慢慢老去。如今，他俩把这栋屋子拆除了，有的当了柴火，有的做了纸张，范明取走了一些，筑造了整整齐齐的篱笆，刘珍取走了一些，制作了一只木舟，在人海里浮沉。

范明在一旁浏览着微博，他说猫狗不能吃巧克力。

　　　　　　　　　　　　动物园大堵车

刘珍正在打扫屋子，找到了一盘去年情人节范明送给她的费列罗。她吃了一颗，又吃了一颗。巧克力有点融化了。刘珍的手指沾上了褐色的巧克力渣，她认认真真地舔完了。在她十几岁的时候，曾收到过一盒匿名巧克力，她送给了同桌吃，后来同桌和那个送巧克力的男孩在一起了。也是班级聚会时，刘珍才知道同桌的丈夫就是那盒匿名巧克力的赠送者。聚餐之后，有些同学提议去KTV，刘珍坐在包间里，听着他们唱歌。刘珍也唱了几首，昔日同学们又老去了几首歌的时间。散场后，刘珍看着同桌和她丈夫进了一辆出租车，然后一个人回家。路过一家美好超市时，刘珍去买了一盒巧克力。

　　猫狗吃巧克力会拉肚子的。范明又说了一句。

　　刘珍挺喜欢和范明说话的，他说话总是不紧不慢。有时谈谈天气，有时又谈谈单位的人事变动。谈着谈着，刘珍就睡着了。醒来后，刘珍会给自己煮两个鸡蛋。范明上班早。刘珍剥着鸡蛋，看着天空像洒牛奶般亮了起来。

　　你以后要注意，别让毛球碰到巧克力。范明放下手机，去厨房看看米糕蒸好了没。米糕变得松软可口。刘珍吃了两块，范明吃了三块，又去冰箱里取了一袋冷冻虾仁：今天炒点芦蒿虾仁吧。

中午，范明吃完了碗里的虾仁，躺在沙发上睡觉。刘珍咀嚼着芦蒿，从柜子里拿下那一盒费列罗。刘珍觉得没有记忆中好吃了，于是又泡了袋奶粉。吃了两颗，她把手里的那颗扔进了牛奶碗里。费列罗浮了起来，像一座孤岛。

当物体的密度小于水的密度时，就可以浮在水面上。物理老师说着。

人体的密度与水的密度相仿，当掉入水中时，只要保持放松，就会浮在水面上。但是人溺水时，肌肉难免紧张，人体密度就增大了。物理老师又说。

所以我们要学会游泳。刘珍自言自语。

你说什么？范明在沙发上抬起头，我没听清。

毛球会游泳吗？刘珍问他。他总是睡不着，又总是努力去睡。

你可以把它扔进游泳池试试。范明打了个哈欠。

下周末有时间吗？我们去动物园看看。刘珍喝掉了碗

　　　　　　　　　　　　动物园大堵车

里的牛奶，费列罗流淌着它的褐色，交织着牛奶的乳白。

范明翻了个身。刘珍想起蒸锅里还有一块米糕。

车辆安静地穿过了白鹭园。刘珍没有看到白鹭。

它们在哪里呢？刘珍问范明。

或许睡觉去了吧。范明说。

刘珍困倦地窝在副驾驶座位，从鞋子里抽出脚丫。今天穿了两只不同的袜子，一只白底红条纹，一只红底白条纹。刘珍愣了愣。刚结婚那会儿，范明总是会提醒她，袜子穿错了，皮肤衣穿反了，手机在刚才你坐的沙发上，还有别忘了带钥匙。刘珍把钥匙圈套在指头上，三百六十度活动着手指转了一轮。钥匙叮当当响着。当初结婚时，范明抱着她转圈，水晶耳环在耳垂翕合贴伏，晶体碰撞着，叮当当。

前面到驼鹿区了，把白菜和胡萝卜拿出来。范明依旧是那不紧不慢、起落有致的嗓音。有那么一阵子，刘珍怀疑他的喉咙是个过滤筛。那时，他呼唤梅花鹿的声音也是如此温柔，啾啾啾的。梅花鹿把下颌搁在窗沿上，刘珍往它嘴里不停地塞着胡萝卜长条，范明用一张纸垫在大腿上，小心地用指甲锉刀切割着胡萝卜。有时，梅花鹿的舌头露了出来，有时候又喷出了口水。口水滴落在范明的衣领处，刘珍用纸巾帮他擦拭，有一次，梅花鹿的口水滴组成了北斗七星的模样，刘珍手里的纸巾一糊，像耐克的标志，又像一个勺。刘珍用稍润的纸巾猛地一摁，宛如勺里掂着一个汤圆。

芝麻汤圆。第一年的元宵节，范明说。

刘珍煮了一锅芝麻汤圆，看着范明把汤圆汤都喝干净了。范明喜欢吃淀粉类的食物，他童年时，家境清贫，母亲在工厂上班，为了给几个孩子填饱肚子，总是会备些饭团、汤圆放在冰箱里。两个哥哥能分到牛肉饭团，妹妹喜欢吃芝麻汤圆，范明总是把芝麻汤圆留给妹妹，有时还会饿肚子。长大了后，一个哥哥去了广州，有了个不大不小的公司，一个哥哥当兵去了。范明和他们没多少联系。关于妹妹的记忆留在了他的十七岁。因为被查出了超生，母亲一直在筹备着罚款，妹妹不见了。妹妹是以母亲胞妹女儿的身份落地的，母亲的胞妹一直没有生养。过了几年，范明接到了一个匿名电话，有点像妹妹的声音。

"陶先生您好，这里是深圳北极光金融有限公司，我们公司最新推出利润丰厚的理财投资产品……"那个女声说。

"你还好吗?"范明问。

"像我们新推出的屯商宝理财基金，有着稳赚不赔的性质，投资渠道方便快捷，没有后顾之忧……"

"你是在深圳吗?"范明又问。

"陶先生您是有什么顾虑吗?"

"我去找你好吗?"范明带着哭腔问。

后来很长一段时间，范明会对着一个手机空号倾诉。今天单位发生了什么，以前的同学结婚了，食堂的菜让他吃胖了，他今天相亲的姑娘怎样，母亲的身体又不太好了什么的。而电话那头只有一句："您所拨打的号码是空号。"认识刘珍的半年前，这个号码有了主人，这人把范明骂了一顿，说他是神经病。范明一个人坐在床上想了半天。原来他以为的妹妹变成了个男的，还有个小孩在他身边大喊着奥特曼。

还要一碗吗？第一年的情人节，刘珍问范明。

再给我来三个。第一年的端午节，范明说。

锅里的汤圆汤还要吗？第一年的七夕节，刘珍问范明。

你再给我盛两个吧，挺好吃的。第一年的中秋节，范明说。

锅里还剩两个，我都盛给你吧。第一年的重阳节，刘珍说。

都给我吧，只要是芝麻汤圆。第一年的除夕，范明安静地啜吸着淀粉汤。刘珍想提醒他少吃一点，毕竟这一年他长胖不少，可他趴在餐桌上，汤圆碗里涌动着小小的溪流，汩汩的，一瞬间刘珍心疼他。一个固执地吃芝麻汤圆的家伙。刘珍夹起一块炖牛腩，搁在范明餐盘里。不知怎的，范明眼里泛起了泪光。刘珍调了一个频道，依然是春晚那个小品。电视里的人们笑着，刘珍去厨房小心地盛了第三碗汤圆。

它还在那里吗？范明问刘珍。

刘珍知道是那只缺了半只耳朵的梅花鹿。它很怯生，体形也比较瘦弱。好几次，为了给它喂点胡萝卜条，刘珍朝车窗外伸出了半截身子。打扫人员示意让她缩回去，刘珍干脆抓起了一把胡萝卜条，撒向那只缺了半只耳朵的梅花鹿。

——总是这样，她总是这样。第一次离家出走时，刘珍在长江边坐了很久。长江宛如一条半透明色的哈达。刘珍在那里听着风吹动哈达的猎猎声响。几艘游轮涌动而去。刘珍站了起来，朝游轮挥手。不知道怎么回事，一艘游轮上升起了一只黑色风筝。刘珍继续挥手，呐喊着。如果游轮真的可以把她带走，她想去她想去的地方，做想做的事，也许她会当一个水手，或者一个书画家，或者只是一个工厂女工，嫁给了隔壁工厂的技术工，到了休息日，他出去买点菜肉，她在家里包馄饨，有时候倒班来不及见上一面，他会跑到厕所和她通个电话。她站在江边，手合成一个圆，朝天空喊着。

天空的黑色风筝化作了一个点时，刘珍嗓子哑了。游轮路过了一艘又一艘，宛如纸面上的长短句，或者音谱里的全音符，二分音符，十六分音符。刘珍举起手，用食指和中指夹剪着太阳。等她的手指头沾满了黄色花蕊粉与蛋黄碎，卧在滩涂上睡了一觉。半夜醒来时，长江水正在舔舐着她的脚指头。

我想它也在睡觉吧。刘珍打开车窗，却看不见一只梅花鹿。

鸣笛响起。他们面前的，是一长串红色、黑色、白色、褐色的车辆。

它走了吗？第一次来刘珍的出租屋，范明问道。他指的是曾经的那只英短毛球。那只猫喜欢绕着人的脚丫转，等吃得差不多了，往那个布质灯罩上一坐，圆溜溜的。刘珍不是很明白后来它为什么跑了，一次也没回来看看。

我可以坐在沙发上吧？范明指着乱糟糟的沙发。毛球已经把沙发垫撕扯得差不多了。

两个人坐在戳着棉花的沙发垫上，谈着小时候的故事、少年时代的经历、求学路上的糗事、单位里的是非。聊得尽兴了，范明微微躺在沙发背上，打两个哈欠，然后客客气气地告辞。有时候夜里会下雨，范明总觉得不好意思，还是躲进出租车里回去了。车往夜色里驰骋，雨滴也宛如子弹。

你可以做我女朋友吧？过了那年的七夕之后，范明问刘珍。

刘珍觉得正确的话语应该是"你可以做我女朋友吗"，"吧"和"吗"之间有很大的区别。但她又怪自己多心，于是收下了范明的十一朵玫瑰。

范明按了一声喇叭。后面有辆车想插过来。范明性子挺慢的，可有时又不耐烦。比如他会将小型的遥控哨子拴在刘珍的钥匙扣上，等刘珍找不到了，按个开关，哨子就响了。这应该是结婚后半年发生的事，他已经没有耐心分辨刘珍袜子的颜色、皮肤衣的正反、手机的方位，而关于钥匙在哪里，范明买了个遥控哨子，开关在他的钥匙扣上。

车前方发出了一些声响，有一只梅花鹿从山坡上下来了，在一辆黑色车旁吃着胡萝卜条。

你能把它引过来吗？范明问刘珍。

刘珍打开车窗，用一整根胡萝卜敲打车舷。

哪哪哪。梅花鹿眼骨碌碌一转，仅仅只看了他们一眼。

它的眼睛形状宛如一只缺了半边的耳朵。

你在敲木鱼吗？范明说。

刘珍收回了胡萝卜。梅花鹿安静地吃着胡萝卜条，这一串车队都注视着它上下鼓动的嘴巴。

咔吱。刘珍吃掉了一片薯片。那是他们最后一次作为男女朋友的约会。范明请她看了场电影《流浪地球》，每到车辆损毁、房屋塌陷、子弹弹飞、火箭发射时，刘珍都会趁机吃两片薯片。电影结束，可能整个电影院的观众都不知道她手里存在过一包乐事。

我想大家都闷得慌。刘珍对范明说。

后面的几辆车开始鸣笛，似乎大家都在争抢着喂那只梅花鹿。刘珍还能听见几个小孩在车厢里喊叫。

偏要在今天来动物园吗？范明长叹一声，趴在方向盘上。

刘珍记得，第一次见她的父母时，范明趴在餐桌上盹了一会儿。等他抬眼时，刘珍的父母正举着手机，给他拍了一张照片。刘珍后来告诉他，她父母回去就把照片发在了家族微信群中，她姑姑说，这男孩是个实诚孩子。

范明曾经和刘珍坦白过他的感情史，中学同桌，大学班花，单位同事啥的，基本都是女孩不睬他。他说有几次，他跑到酒吧一个人喝闷酒，早上醒过来时，发现那些女孩都把他微信删了。刘珍一听就乐坏了，说他醉后肯定骚扰了她们。范明举着手发誓说他没有，刘珍更乐了。范明佯装生气地问刘珍的感情史，刘珍捉弄他，说挺少挺少，不过就十二个金钗、一百零八个好汉。

嗐！那时的范明大喊一声，现在也是如此。

为什么我们偏要今天来动物园？范明嗓音里带着些许无奈。

就像他俩的婚姻一样，直奔约定而去。约定终了了，反而有些无聊、无奈、无所事事。

那只梅花鹿似乎吃饱了，优哉地往山坡上走去。车队松弛了一些，往前进着。

一个孩子从车顶窗钻出来，大喊着长颈鹿。大人笑了，说那是梅花鹿。孩子又大喊着梅花鹿。一个孩子从另一个车顶窗钻出来，大喊着说，那是麋鹿——

你纠结这些有意义吗？刘珍问范明。

范明还在拨那串熟悉的电话号码。刘珍不知道那串数字有什么意义，电话那头的小孩都从奥特曼转成蜘蛛侠了。2、8、5、7——范明嘴里念着数字。刘珍把数字记在微信里发给范明：你可以存在通讯录里。4、3，范明念完了最后两个数字，他依旧没有存下那个手机号码。这似乎是一个咒语，或者说，是一个谶语。看着范明，刘珍想起了江边的那只黑色风筝，它远远地摇曳。还小的时候，纺锤就是这么运转的。刘珍逃离了那个纺锤，却被编织进了范明的生活。

范明转着方向盘，他们离一头梅花鹿很近了。刘珍朝它伸出了胡萝卜条。那头梅花鹿走向了前面那辆红色的车。马鹿！大马鹿！车内的孩子叫着。大人说这是鹿，不是马路。孩子依然喊着：马鹿！马鹿！

仅有的几头梅花鹿吃饱了，往山坡上走去。车队相对流畅了一些，刘珍吹着窗外的风，碎发宛如蒲公英般飞散开来。

你看看这款婚纱怎么样？刘珍对范明说。婚纱摆尾很长、很阔大，上面的亮片与刺绣宛如数朵蒲公英。

挺好看的，就这款吧。范明和刘珍都认可了。

婚礼过后，刘珍把婚纱在闲鱼上转手卖掉了，在家里太占地方。

这段时间，刘珍老是梦见那件婚纱上的蒲公英飞上了天空，变成了江边的黑色风筝。像少年时一样，刘珍挥手、呐喊。最后醒来时，布偶毛球正靠在刘珍的脚边，绒毛和呼噜一张一合，宛如江水舔舐着她的脚指头。

下面到骆驼区了。范明挺直了身子。你积极点，别浪费了那些胡萝卜。

刘珍点了点头。已近中午，阳光在她的裤子上铺满了褶子。

眼角出现第一道细纹时，刘珍刚给范明过完生日。在美团上给他订了一个奶油蛋糕。蛋糕上有紫色的芋泥和红色的草莓。范明刮干净了奶油，他喜欢吃奶油。刘珍吃了剩下的蛋糕坯和水果奶油夹心，然后起身给他煮了莲子枸杞茶。刘珍感觉他胖了不少，自己也胖了。以前上班时，觉得放假挺好，现在困在家里，反而觉得不自在。范明连手游都玩腻了，躺在床上追电视剧。连刘珍都把范明看的电视剧看了一遍。大结局时，范明又哭又笑。他告诉她，这是他刷这部剧的第七遍。

喂完两只骆驼后，刘珍用纸巾擦了擦手指头上残留的骆驼口水。

你说还要堵到什么时候？范明用力拍了方向盘，一不小心"嘀嘀"了两声。

前方的车辆仿佛串成了一列多色的火车，时钟宛如车轨上的轮子。

你饿了吗？刘珍问范明。

难道你用胡萝卜喂我？范明皱了皱眉头。

又是这样。当然如此。故事确实是这么发生着，又发生过了。胡萝卜清脆地一响，牙齿碾磨着，甘甜醇美的汁液，胃黏膜与大肠杆菌。刘珍吞了一口口水，斜靠在副驾驶座位上。一线阳光照在她的脚指头上，宛如江水漫了上来。

他们沉默地经过了绵羊区、鸵鸟区、狮子区、犀牛区。

路过狼区时，刘珍朝狼群扔了几根胡萝卜，它们全都凑了上来。

范明沉默着，刘珍也不知道说什么。相处的这段时间里，刘珍不懂范明突然的愠怒，范明不懂刘珍偶尔的伤感。第一次来动物园时，范明去上洗手间了，刘珍抚摸着凑上来的羊群，范明回来后，让刘珍去洗手间洗手。刘珍回来后，又摸了摸可爱的袋熊。范明买了两个棉花糖，阳光晒融了一点，滴落在刘珍手上。刘珍去洗了手，两只手摩挲着，掌纹搓着掌纹，宛如两头斑马交错着黑白色的身影。

这些重要吗？第一次争吵时，范明摔坏了他的手机，屏幕上，2857与43之间出现了一道裂缝。刘珍对范明的这串号码并无好感，范明也不喜欢听她在长江边看见黑色风筝的故事。范明还会继续吃着他的芝麻汤圆，而刘珍，总是想起姑姑的纺锤。那应该是很小的时候，刘珍家和姑姑家住在一个院子里，刘珍的父母出去上班了，而姑姑总是一个人坐在屋子里拨弄纺锤。一年前，姑姑得癌症去世时，他们在她的遗物里找到了一张女红刺绣图，上面是两只鸳鸯。他们一起送走了姑姑，都是娘家人，姑姑没有婆家。

鸳鸯吃胡萝卜吗？范明问刘珍。

一恍神，他们已经驱车到了大型鸟类区。

鸳鸯站在那里，身体椭圆纤长，宛如一只只白色的纺锤。

范明拎着白菜，刘珍背着一书包的胡萝卜，两人走进了动物园的非放养区。刘珍扔了几条小鱼给鹈鹕，范明扔了几片白菜叶给火烈鸟。两人给袋鼠们喂了点胡萝卜，又看了动物表演，海狮顶着褐色的篮球。

毛球不会饿了吧？刘珍看着时间，问范明。

回程的路上，车辆又变得很少。刘珍不明白，刚才在动物园里拥堵的车辆，难道凭空消失了？离城市越来越近，树木倒了下去，无数的梅花方块、黑桃红桃竖了起来。车窗上的梅花A已经不见了，转而多了些其他痕渍，可能是那几只骆驼的口水。

他们没有看到那头断了半截尾巴的大象。

它是非洲象吗？第一次见到它，刘珍问范明。

看耳朵和牙齿，应该是亚洲象吧，不过我也不确定，毕竟缺了半截尾巴。

刘珍没有深究范明回答里的科学性，两人一起趴在栏杆上，看它吃苹果。

今天天气真不错。刘珍说，难怪大家来动物园呢。

天空变成彩色的了。范明说。

云朵很像火烧云呀。刘珍说。

车还在行驶着。他们沉默着。远处似乎还有一个风力发电厂。一只白鹭从白鹭园里飞了出来。

刘珍似乎听到了钥匙扣上的遥控哨子叮铃响。

他们在跳舞

　　白色的塑料袋在斑马线上翻了个面。摩托车碾过塑料袋，一匹马的肚子垂下了地。刘珍举起胳膊，又放下，她感觉那个塑料袋里装满了油。刺啦一声，太阳扎满了金针，注射器抽出了她的胳膊。她在马路中间闭上了眼睛。母亲解开围裙，一层面粉扑下来，她的脚指头沾上面粉，滚出大小颗粒。厨房里咕嘟着铝皮水壶，窗纸翘起了一边，渗出细密的水珠。母亲在天井里掘土，胳膊旁耸动着乒乒乓乓的绣球花。刘珍睁开了眼睛，医生艰难地剖出了一只小马驹。

白色杠条飞掠过她的脚踝。她钻出了纱网，鱼线缠绕在她的腰间，把她往下拽着，她的手拍打着水花，抓住了水草、浮萍、半截木头，它们又像肥皂般滑走了，水面泛着泡泡。岸边停泊着一艘老木船，高高昂起的船桅上，悬着一排红绿灯。红灯又一次闪烁，电瓶车如鱼群穿过她的身体。路口的木槿花颜色渐暗了下来，云朵翻滚，太阳像个圆形的马蹄掌。她加快了脚步，感觉脚下的大地被她蹬得越来越远。她再次抬头，紫色的木槿花擦过了云朵最上面金色的一层。母亲抹去汗珠，用手拍了拍刚种下的石榴。小刘珍掐走顶上的石榴花，摆在了橱柜里，第三层放着拆了一角的豆奶粉和夹着木夹的京果，第二层是一张摆得整整齐齐的全家福，这一层只有一个相框，相框下薄薄的灰里布满了划痕。母亲在厨房煮水，小刘珍看着相片，模糊中，相片里面的自己，五官还在，却换了个轮廓。小刘珍坐在凳子上，长长的瓷砖纹从她的胯下延伸出来，尽头是门槛，晕着一摊黄褐色的水渍。那晚小刘珍梦见自己尿尿了，不是蹲着尿的，是站着，一尿三丈远。

刘珍踩着地砖走过去。她不是很想回房间，地砖在那里变了颜色。范明喜欢挨着她睡觉，肉乎乎的手掌盖在她的腰间。墙壁后面传来电视机里的鼓掌声，她很好奇那里住着什么人。里面偶尔传来敲打声，像个胎儿踢打着肚皮。刘珍支起范明的手，啪嗒落下，又支起，又落下，范明睡得很熟，食指总是微微跷着，像是还拿着教棒。房间里的抽湿机一滴一滴往下滴水，鼓起的水珠像学生毛茸茸的头颅。小佟背着书包蹲在路边，小刘珍走到他身边蹲着，小佟用食指接住了一只蚂蚁，小刘珍也伸出食指，蚂蚁爬进了她的手掌心，顺着掌纹爬着。这条是生命线，这条是智慧线。小佟眯眯笑着。它把你的智慧线延长了呢。小刘珍啪地收回了手，听人家说，男孩和女孩牵了手，是会生小宝宝的。小佟的母亲骑着凤凰牌自行车来了，肥硕的脚丫挤在皮鞋里，不知是她脚上的皮皱了，还是皮鞋皱了。小佟坐在了车后座，轮胎被挤成了一条黑色的生命线，慢悠悠地向前滚去。小刘珍跟着车后面走着，她唱一句，小佟跟着唱一句，后来小佟母亲也唱起来了 —— 两只小蜜蜂呀，飞在花丛中呀，一只没有眼睛，一只没有耳朵……是他，是他，就是他……啊啊啊黑猫警长。轮胎滚进了

他们在跳舞

一个泥塘，滋滋地往外溅泥，小佟跳了下来，脚下一滑，摔进了泥塘里。小佟母亲没怪他，指着他笑了起来。小刘珍也笑，小佟搓着手上的泥，裤子上爬满了蚂蚁一样的泥点。

　　门应声打开了。楼道里的灯晃了一下，又暗了。刘珍一人站在一楼的门厅里，身后的玻璃门像是猛扑而来的水浪。刘珍感到自己在颤抖，水浪一层层剥开了她。猫的叫声响起，小岛一样浮在水面上，褐色的毛发里有水的漩涡，一滴滴漏下来了，纤细的毛发一张一合。刘珍会给它喂食，它的肚皮鼓鼓囊囊的，像是一大块冰山被按在了水面之下。它在埋头吃猫粮时，刘珍会抚摸它的脊背，它发出咕噜声，吃饱了，一侧躺着，刘珍试探地摸了摸它的肚皮，那块小小的冰山在她手里融化着呢。白猫警觉地站起来，叼起了一块鱼干，钻进了灌木丛中。猫的叫声渐渐矮了下去，刘珍乘着电梯到了五楼。钥匙在锁孔里转动着，轮船的螺旋桨喷出了一股股气泡。刘珍猛地从水面冒出，门打开。她大口大口地喘着气，屋子里堆叠的衣物在水面上漂着，她一个猛子扎进去，瘫软在沙发上，手指尖涌出无数泡沫，直至四肢再也支撑不起来。过了一会儿，窗外的灯光洒了她一脸，她起身，打开冰箱，看见了那盒蔫了的鸡毛菜。她起锅，煮了沸水，倒入鸡毛菜，飘了两滴芝麻油。鸡毛菜沉了下去，刘珍似乎看见了早上煮的鸡蛋的碎蛋壳，探过头去看，锅中央冒出了一个水泡，啪地破了，刘珍皱着眉头退后几步，关掉了煤气。锅上腾腾地冒着热气，刘珍找到了那个塑料碗，舀了半碗猫粮下楼去。打过两针后，刘珍依然坚持每天喂猫。她感到小小的冰山成了一摊水，猫突然起身，挠了她的手。范明和她约好了，今晚回去看他妈。刘珍深吸了一口气，整个空气是透明的海洋。她放下了塑料碗，猫还没来。

母亲挪动着笨拙的身体走来，打开削笔器，抖落了里面的刨花和石墨粉，摇了两下杆，用食指蘸了蘸石墨粉，搓搓手指，黑色的粉末落在了齿轮间，母亲又在上面蹭了蹭手指头。小刘珍吵着要吃京果，母亲去煮水，泡了一碗京果粉，用勺子搅了搅，放在小刘珍的胳膊旁。泡的京果糊还很烫，小刘珍吹了吹，啜了两口，母亲坐在床边，看着餐桌旁外婆的黑白遗照。遗照前还有一碗白米饭，中午时小刘珍盛的，有次小刘珍加了块萝卜干，被母亲说了，之后小刘珍想外婆了，就在白米饭上撒一层京果粉。外婆一直想去北京，看天安门，爬长城，她去的最远的地方还是上海，一次是去看自己的生母，一次是去看病。小刘珍一直不知道自己的亲外祖母什么模样，只知道自己还有些亲戚在上海，有个表姐请她喝过罗宋汤，后来母亲告诉她，那个表姐离婚了，一个人带着个女儿，按上海人的话说，那小囡囡聪明，鲜格格的。碗底还匀着些京果粉渣，母亲端起了铝皮锅，里面煮的粥。她挤了点酱菜，就着锅吃起来。小刘珍把那支铅笔写秃了，母亲用铁勺刮着锅底，声响有点大，小刘珍怕刮出刨花来。母亲又挪动着笨拙的身体走去，去水龙头下淘铝锅。医生说，从医院回去后，母亲得休养一段时间，她没在意，照样去厂里上班，以前老借小佟母亲的凤凰自行车去招商城买毛线，现在也不去了，把家里的毛衣拆了打、打了拆。母亲把那些小毛衣拆了，给小刘珍做了几副手套。小刘珍看着母亲拆那些打好的小毛衣，毛线刨花般坠落，毛衣变得越来越小，肥皂一样滑没了。小刘珍这时也用勺子将京果粉渣刮干净了。

风吹得树下的紫叶酢浆草摇晃起来。刘珍看了看天，云朵堆积得很厚。范明说今晚尽早回来，马上要中秋了，去看望下他妈。云朵后面应该是一轮快圆了的月亮，刘珍看不真切，隐隐约约的一点米黄色的光。小时候，刘珍在书本上看到，月亮像母亲一样孕育出了地球的生命，她老觉得十五的月亮像个临盆的肚皮。小佟母亲总是送月饼来，她在厂里的人事部门，待遇好，家里总剩些东西，有些吃不掉的会送给周围邻居。家里的月饼总是些五仁的、枣泥的，小佟母亲送来的有奶黄的，还有白芸泥莲蓉的，是广州那边生产的。母亲拿它们敬月亮，还有莲藕、柿子、苹果，中间摞着高高的月饼。小刘珍总是熬不住，抓起最上面的月饼吃，结果摞在上面的都是五仁、枣泥的，等她吃饱了，母亲端出礼盒里的广州月饼。小刘珍跑去找小佟玩，小佟把手里的月饼掰一半给她吃。小佟手腕上有个胎记，刚出生的时候，那个算命老头说这是抓钱手，不缺衣食，但得适当匀点给别人。老头还说了一些什么，小佟不知道，但每逢初一，小佟母亲都会去庙里烧香，人家都说佟家有福气，老佟升了官，小佟母亲工作也好。母亲那会儿老是

　　　　　　　　　　　　　　他们在跳舞

和小刘珍说，看小佟多聪明，小刘珍从小佟书包里偷拿了作业本，摊在母亲面前，说小佟的红叉叉比她的多。母亲当作没听见，给炉子添煤块，火焰发出毕剥毕剥的声响，像母亲在叹气似的。火焰将母亲的身影照在报纸糊的墙上，一会儿大，一会儿小，红色的《人民日报》快要被母亲的头发烧焦了。小刘珍不解气，跑去小佟家吃糖藕，趁他们不注意，用铅笔尖将他的游泳圈戳了好几个洞。那个游泳圈充满气后，表皮滑得很。小佟还请小刘珍吃了维维豆奶，小佟母亲拿大口的搪瓷杯温水热了一遍。那年夏天小佟学会了狗刨，游泳圈一直没用得着。小刘珍瞅准小佟在下面，套着个泳圈跳下去，也就胳膊挨着小腿肚滑了一下。上了岸，小佟请小刘珍吃冰杨梅，她一嘴一个，啪地一个掉下去，啪地又一个砸到前一个的水窟窿里。

刘珍在楼下溜达了一圈。打牌的大爷们回去吃晚饭了，几只鸟站在桌子上，一边啄着瓜子仁，一边用喙将瓜子壳拨到桌子底下去，扑簌簌的，像礼花炮飘了一绺在空中。刘珍想起范明的手套落在家里了，有段时间，刘珍一直卧在床上，范明给她烧饭，手掌被锅烫出了一排水疱。

范明骑电瓶车上班，刘珍给他买了加厚的棉手套。下了班，范明给她熬红枣阿胶粥，里面有黄酒，熏得屋子里的刘珍直打瞌睡，范明端着粥来了，刘珍啜了一口，两行褐色的汁液坠了下来，范明捻了两张面纸来擦，倏忽间刘珍的头垂了下去，碗边稍稍一斜，粥水洇在了面纸上，捻作一团的面纸瞬间成了红色的活金鱼，啪的一下掉到了被褥上。刘珍脑袋搁在范明的膝盖上，扑哧扑哧笑了起来，范明也跟着笑，粥汤一颤一颤的。那是手术后，刘珍头一次笑，把范明的膝盖笑得满是口水，还捶着他的肩胛骨，让他给她煮汤圆吃。汤圆一个个浮了上来，刘珍想起小佟毛茸茸的脑袋，在水面上一涌一荡。范明给她揉背，松一松她肩膀上的结节，还用毛巾包了热水袋敷在她的腰间。刘珍看上的就是范明这点，当时她母亲并不是太满意，觉得范明太单薄了，瘦瘦小小的，撑不住一个家。范明带着刘珍去见父母，婆婆从床头柜里抽出一个木盒，里面是范明留到十岁时的小辫子，装在木盒里，像根摆了很久的千年人参。婆婆握着刘珍的手谈心，讲她养范明是多么不容易，他妹妹就没这个福分，早早过继给了她不育的姐姐。刘珍听范明提过，那时候抓得紧，婆婆只能保一个，剩下的妹妹就送给他姨娘养了，那姑娘至今不待见他妈，过年也不愿回来一次，听说婚姻也不顺，幸好还没生孩子，正在找下一个婆家。刘珍观赏过了，婆婆又将小辫子装入木盒中，掖好冒出的细细毛发，啪嗒上了锁。回了家，范明还得批改作业，温热的光洒在他的头发上，一圈柔软的括弧。月亮挂在天空上，弯弯的一个钩，刘珍看了看，感到倦意，让范明把台灯调暗一点。范明去客厅批作业了，月亮还挂在天上，刘珍睡着了。

　　猫还没来，台阶上有一摊水，一滴一滴往下漏。到了夏天，他们经常去码头洗澡，用葫芦舀一瓢水，哗地往头顶上一浇，小刘珍经常呛水，捂着腮帮在那儿咳嗽，小佟往她身上泼水，一边泼一边笑，脚下没站稳，啪地坐在了水里，溅起好大一个水花。小佟母亲围着白围兜走过来，喊小佟回家吃饭，小佟别过头去，不想让他妈认出他。小佟母亲叉着腰喊，靠着岸边的第二个，不要反抗了，回家吃排骨。小佟这就不坚定了，垂着脑袋往岸头靠，小孩子们也瞎起哄，你泼他，我泼他，把小佟母亲的白围兜都泼出了一朵花。小佟母亲和小佟就这样一左一右、一大一小地向前走着，屋瓦下晃着几串紫藤，阳光照在上面，一个个小葡萄似的往下跳。小佟变成了巷口的一个点，又消失了，仿佛酱排骨上多出来的一粒芝麻。回到家，母亲还在煮水，铝锅冒着白气，她脸上一片粉扑扑的。小刘珍坐在餐桌前，望着黑白相片里的外婆，她的脸也被白气蒸得粉扑扑的，小刘珍还记得她的最后一个生日，母亲买了个奶油蛋糕，外婆吃了一口，又吃了一口，笑眯眯地说，她还不知道自己真正的生日是哪一天呢，不过每一天都是好日子，每一天都有人过生日。炉子火灭了，母亲穿过天井，去杂物间取煤块，绣球花长成了半人高，吵吵闹闹，怪是好看，石榴歪着脖子晒太阳，一朵暗橙色的花朵垂坠下来。隔着那么远，小刘珍听见母亲叹息了一声，她记得母亲说过，自己还在上学时，外婆带着她去挑煤炭，一个簸箕里能摞出一个小黑丘，挑了一半，母亲吵着要吃棒冰，外婆就在路边给她买了一截甘蔗，母亲把嚼剩了的甘蔗渣吐在煤块上，黑黑白白的，那晚的炉火更旺了。外婆坐在炉火旁给母亲讲她年轻时的故事，从这里逃到那里，那时她年纪小，只记得她母亲肩膀上扛着过冬的棉被，一双绑带把小腿勒得紧紧的。外婆去世后，母亲打理她留下的绣球，把每一季的甘蔗渣留着给花施肥，绣球越蹿越高。从小诊所回来后，母亲给自己买了一株小石榴树，挨着绣球，一个红一个绿的。医生说母亲需要多休息，可她不让自己停歇，佝偻着背在那里煮水，似乎肩膀上也扛着过冬的棉被。小刘珍喊了母亲一声，母亲听见，看着窗外的天井，风吹得几朵石榴花叮当响。小刘珍去橱柜里拿京果粉，又看见了那张全家福，她看见了那个和她一般模样的孩子，虎头虎脑的姿态很像小佟。一个手抖，黑白相片前的白米饭上堆出了一个黄色小丘，像是甘蔗渣掉在了上面。到了饭点，小刘珍扒拉了两碗饭，母亲问她，小佟今晚来不来这里写作业，小刘珍哇地咧嘴，拉开了哭腔：我要和小佟换妈妈——

　　风荡了荡，刘珍打了个冷战，放下了塑料碗，回到一楼的门厅，坐在沙发上。猫还没有来，天色暗了，酢浆草变成了黑色。刚搬到这里来时，范明经常给她买水果，橙子、香蕉、火龙果，说这对怀孕有帮助。卧床一阵子后，范明会用锅煮香蕉给她吃，或者把火龙果切碎了，加点热牛奶端过来。范明总是说，他们还会有孩子的，一个聪明可爱的孩子。刘珍闭着眼睛不听他讲，范明还在说，要是女孩就让她学舞蹈、弹钢琴，要是男孩就让他打篮球、踢足球，刘珍圆眼一睁，说自己困了，让范明批改作业去。

小刘珍陪母亲去乡下的那个小诊所问大夫，有没有办法让肚子显得小一点，大夫给母亲把脉，小刘珍坐在房间外的凳子上。出来时，母亲的眼眶红红的，带小刘珍到大街上转了一圈，还给她买了根橙子味棒冰。母亲经常在那里煮水，泡一碗粉，咕咚喝下去。小刘珍跑出去和小佟玩，跳皮筋时，小刘珍故意踹了小佟一脚，小佟嘟着嘴说小刘珍赖皮，小刘珍撸下了腰间的皮筋，指着小佟说：跳不过去，愿赌服输，小佟一憋气，猛地一跳，皮筋弹了弹，甩在了他的膝盖上，疼得他哇哇叫。

沙发往下凹陷着，刘珍的背一寸寸矮下去。注射狂犬疫苗时，也就这么猛地疼了一下。这是出院后，范明第一次和刘珍吵架，说她喂什么野猫，糟蹋自己身体。刘珍还是每天带着一碗猫粮下楼，她想看看那只白色的猫，它

　　　　　　　　　　　　　　　他们在跳舞

的肚皮滚圆的，像个圆月亮。有时下班晚，刘珍看着白猫隐入夜色，像团甘蔗渣掉进了煤堆里。过不了多久，她会看到一截小甘蔗，白白嫩嫩的，从老甘蔗的尾巴根里冒出头来。

刘珍望空了一会儿。范明给她买了毛线，坐在床上时可以消遣。她织毛线时，总是打结，要不就漏了几针。母亲肚子稍微圆润一点时，会在家偷偷解开勒腰带，一卷一卷地垂下来，母亲喊她来听肚皮，踢了，又踢了。小刘珍感觉自己在抚摸一个小鸡崽，耸动着羽毛。母亲攥着小刘珍的胳膊，食指竖在唇边说，这是你弟弟，你千万不能说出去哦。小刘珍点点头，阳光透过窗纸，很亮。母亲凑到小刘珍的耳朵边：小佟也不能告诉哦。她看着母亲，头发乱蓬蓬的，眼里贴了张窗纸，一块亮，一块有柔柔的人影。我不会告诉小佟的。小刘珍说。她感到小佟跑远了，她离母亲更近了一些。

上周母亲给刘珍打电话，说要来南京照顾她，带点家乡新上市的藕和百合。刘珍说，她身体好一点了，现在房子小，母亲要是来了，只能睡沙发。母亲说不要紧，她新做了两床棉被，正好可以带来，家里的小葱冒了一茬，刘珍小时候种的蔷薇结了几个小果子。刘珍说，她在南京一切都好，身体也调养得差不多了。母亲叹口气说，当初她应该给刘珍买些补品，不然也不至于这样子。刘珍说，医生都说了，这是意外，怪不了任何人，休养一段时间就恢复了。母亲在电话那头直叹气。刘珍想起母亲穿过天井时的那声叹息。天色已经暗了，刘珍看到了那个肚皮一样的月亮。

刘珍上了楼。楼道里静悄悄的，她的钥匙一响，黄色的光铺了一路。隔壁屋子里传来了沉闷的敲击声，砰砰砰的。刘珍打开灯，一个人坐在沙发上。敲击声还响着，她感到墙壁快被这个敲击声撑破了。她起身想去见邻居，敲击声又停了一会儿。范明发消息来，说他已经从学校出发了，很快就能到家里。刘珍仿佛看见范明骑电瓶车的模样，路上有些小石子，还有渣土车轧出的坑洼，范明的头盔一会儿上，一会儿下，甚至磕在了他的脑袋上，嘭嘭的。范明今天没戴手套，电瓶车的轮胎颠一下，他的手就会在车把上挪一寸，她看见他皱了皱鼻子，眼角噙了噙泪花，前

他们在跳舞

面还有好几个红绿灯。他工作忙，昨天刘珍一个人去医院打了第二针，医院里人来人往，母亲曾在这种地方挂过点滴，外婆也躺在这种地方的病床上，就连她的婆婆，也曾因为生范明而大出血，送去抢救。刘珍挂号、交钱、排队、等待、打针，观察半小时。一对夫妇抱着哇哇哭的孩子走过去，一个妇女推着轮椅上的老人走过来，她在橙色的椅子上坐了坐，穿白大褂的医生拿着出诊单匆匆走来走去。范明老是说她，没事喂什么猫，现在身体没养好，还要来医院受罪，一打就是五针。刘珍没回他话，任由他啰唆。她仔细看过伤口，确实是破皮了，她用肥皂来回搓着伤口，肥皂越来越小，她蹲了下去，看着手上的肥皂泡鼓起来，又破掉。肥皂还在容器里变小，她依然每天下楼来喂猫，白猫有时会蹲在那里等她下班回来，吃饭的时候，它发出咕噜声，刘珍偶尔还会摸摸它的脊背。白猫再没挠过她，只是安静地吃饭，然后看刘珍几眼，钻入灌木丛中。

范明回来了，摘下头盔，讲着学校里的趣事，有个男孩在女孩的裙子上画了个王八，女孩哭都没哭，趁着男孩上厕所，把他作业本撕碎了扔下楼。数学老师把他俩叫到办公室，问谁先动手的，男孩不敢承认，女孩倒是挺着胸膛说，作业本是她撕的。范明笑着说，这小丫头将来是个人才，现在男孩打不过女孩咯。刘珍想起了自己的母亲，每天入睡前，解开勒腰布，抚摸着肚皮，低声唱着儿歌，睡醒了，又一卷一卷地缠绕起来。小刘珍端水给母亲，母亲喝了一口，看也没看她一眼，继续唱着她的儿歌。小刘珍去天井里把水倒掉了，母亲的儿歌声没有停断过。小刘珍去找小佟玩，小佟说他妈妈今天烧猪肉炖粉条，所以中午得早点回家。小刘珍把小佟的弹珠都赢回来了，还说，只要下一局小佟赢，她就把弹珠全都还给他。小佟一边跺着脚，一边打弹珠，等回到家时，猪肉炖粉条已经冷了，还倒欠小刘珍六颗。小佟不服气，跑到小刘珍家里，吹自己家的健力宝有好几箱，蛋卷、桃酥吃不完，他妈妈下午又给他带回了鸡腿包，里面裹着豆沙馅，左边一个，右边一个。小刘珍指着他的肚子说，过几个月你也要生孩子了。小佟摇着自己脑袋，说他家就他一个，健力宝、桃酥、鸡腿包全是他的。小刘珍举起家里的扫帚，对小佟喊，给我出去！小佟没见过这阵仗，一边向后退一边摆手：小刘珍，我分你几个，我分你几个。她啪地关上门，捂住脸想哭，却怎么也哭不出来。举办婚礼时，范明也像小佟一样，敲着门，喊着刘珍的名字。母亲把她的玉佩、金项链给她了，婆婆和她打招呼，说他们那里没有给新娘买五金的习俗。她不想打开那扇门。给小佟的那扇门没开，给范明的那扇门还是开了，他捧着花束进来，婚房里的人喷着礼炮，伴娘让范明给刘珍唱情歌，大家都喜气洋洋的，只有刘珍还想着那个被关在门外的小佟。

出租车停在小区外，范明扶着刘珍爬上四楼。婆婆做了一桌子菜，用绣着喜字的饭罩罩着。刘珍喊了一声妈，把手上的月饼盒放下了。厨房里还炖着银耳阿胶粥，咕嘟咕嘟冒着白气，刘珍想起自己母亲，一个人站在窗前，等着铝锅里的水沸腾。阳光照进来，铝锅像个孕育生命的容器。她没和任何人说母亲肚皮的事，照常和小佟一起上学，玩儿，写作业。那天很热，小佟喊小刘珍一起去码头游泳，大太阳照着，下河的石阶都是滚烫的。慢慢沉下去，柔软的水包裹着小刘珍，她仰着头对着太阳，热烘烘、湿漉漉的。还没到下午，码头上没有其他人，岸边的狗尾巴草都被晒得耷拉着脑袋。在水里浮沉了一会儿，小刘珍听见有人在叫喊，眼睛一睁，小佟已经游了很远，一辆大货船正朝他的方向驶来，他似乎是小腿抽筋了，拍打着水花喊救命。小刘珍愣愣地看着他，货船划出的水痕就像一条长长的生命线，不断延展，到了小佟这头，就断掉了。小刘珍爬上了岸，在码头搜寻着大人，大中午天气热，没人到这里来。小刘珍一路小跑去喊小佟的妈妈，却发现佟家和刘家都没人，闻声而来的大人们，一拨跑去了码头，一拨按着小刘珍，不让她去找妈妈。听一起玩弹珠的孩子讲，小佟母亲领了几个大人，架着刘珍母亲上了医院的车。那晚很慌乱，佟家的人大哭着，刘珍家也大哭着，小刘珍不知道他们在哭什么，该哭的应该是她，再也吃不到佟大成偷偷塞给她的日本巧克力了。

一家人围坐在桌前，婆婆端来了刚煮好的银耳阿胶粥。刘珍啜了几口，婆婆问她烫不烫，她去拿两个杯子来回颠一下，放凉了，给刘珍吃。刘珍说粥熬得正好，不烫，很好吃。一家人又低下头吃饭。婆婆夹了一筷子红烧牛腩给刘珍，说她记得刘珍喜欢吃这个，今天特地做的。刘珍看着婆婆的手，青筋暴了出来，她想起她见过隔壁那户人家的主人，是个男孩，圆头圆脑的，长相没看清，伸手掏钥匙时，看见他手腕上有个胎记。刘珍想和他打招呼，他却关上了门，刘珍在门前站了一会儿。她总觉得，那个钥匙孔是个肚脐眼。婆婆又给刘珍搛菜，说这段时间辛苦了，他们也没做到多少。刘珍嗯嗯了几声，说不要紧，然后把婆婆夹给她的红烧牛腩吃掉了。

他们俩起身要走，婆婆塞水果，说给他们带回去吃。刘珍推辞着，拿了一袋猕猴桃、一袋苹果。婆婆把他们送到了楼下，一直看着他们走远。

我和你说，这个猕猴桃你要全吃掉啊，别浪费。范明说。

怎么了？刘珍问范明。

这是我妹特地送来的猕猴桃。范明说。

她来了？

中秋到了嘛。范明说。

上周母亲在电话里说，天井里的石榴树结果了。刘珍说她下次回去吃两个。母亲说了好多话，那个在上海的刘珍的表姐，这个月过四十岁生日。她那个会来事的女儿，去澳洲玩了一圈儿，带回了个金发碧眼的男朋友，表姐气得把生日宴会都取消了。母亲本来也打算去参加这个宴会的，顺便去上海玩几天，宴会取消了，她便去县城里的夕阳红文娱中心找小佟母亲打毛线。小佟母亲毛线衣打得可好了，一针一线的，很是个轮廓。母亲说着，咳嗽起来，刘珍让她少说话，去药店开点胖大海。

　　下了出租车，刘珍想去看那只白猫在不在那里。范明还在付车款，她感到身上的薄毛衣的一头被范明攥着，她往前走，长长的毛线变成轮船后不断延展的水浪，她的肚脐眼露出来。她看见了那只猫，肚皮垂向地面，后爪踏在了前爪踩出的脚印上。

　　　　　　　　　　　　　　　　　　　　　　　　他们在跳舞

消失的骨头

冬至那天，满街飘着纸钱。刘珍踏着火烧的印子向前走。她越走越觉得自己矮下去，一走一摊蜡烛油。路边停着卡车，她摸了摸苹果，又摸了摸橘子，自己的骨头和肉摩擦了下，热浪颤抖。火光熏黑了墙壁一角，燃烧的纸片在空中飞舞。云朵阴沉沉地压着，隐隐地渗着阳光的血丝。母亲猛地抬起头，问她肚子怎么瘪了下去。刘珍问她吃午饭了没，母亲摇摇头，刘珍说，她正在消化她的午饭。母亲说让刘珍去周围转转，城西小学对面的肯德基改成了进口超市，那个两层楼高的大胡子爷爷招牌还没卸掉，对楼的学生玩弹弓，把大胡子爷爷的两只眼睛戳瞎了。小刘珍从学校里出来，肚子滚圆的，打了个嗝，把招牌上爷爷的大胡子都吹翻了。母亲帮熟睡的小刘珍摘下眼镜。几个小学生顺着消防通道爬到进口超市的楼上，从大胡子爷爷的瞎眼睛里往外看。小刘珍睁开眼睛，一粒精子超过了她，着陆在硕大的卵子上。

橘子盖着苹果，远远看着像炉火。刘珍加紧了脚步，夜灯点起，红红绿绿的霓虹，青皮西红柿在流脓。母亲捞起热水中的西红柿，熟练地剥开一层层皮，小刘珍挑了两片，贴在柜子上，像陈年的老窗花卷起边。小刘珍听见西红柿果肉咕咚咕咚冒泡的声音，橡皮擦去铅笔字，留下灰色的一小片，西红柿摊在锅底上。母亲舀了一勺西红柿炒蛋给她，父亲端着碗，热腾腾的雾气蒙着他的眼镜片，外公咳嗽了两声，说怎么没有卤菜，他记得柜子里还有好酒的。母亲从冰箱里拿出牛奶，煮奶器嗡嗡响。父亲吃掉了半条鲫鱼，鱼刺冲着鱼脑袋高高垒起。外公问母亲，公休假的钱拿到没有，母亲耸耸肩，说，邻居搬走了，他们家拆迁分到四百万。外公嚼着青椒肉丝，嚼得很大声。母亲又给小刘珍舀了一勺西红柿炒蛋，满满的一勺芡汁，还给她拌了拌米饭。外公问小刘珍，这次期末考试考了第几名，小刘珍说，她语文考了全班第二，第一的又是班长。外公仰头笑了笑，说班长是书记，他外孙女是做市长的命。哗啦两声，母亲在倒热牛奶，白色的牛奶沫互相追着溅到她的围裙上。小刘珍夹了一块青椒肉丝，半途掉了一小撮，父亲伸出筷子，把掉在餐桌上的肉丝夹进了嘴里。外公又逗小刘珍，当了市长，你要娶几个小老婆呀？她一板一眼地回答，我是女孩，我不娶老婆。外公哈哈笑了起来，餐桌布都被他起伏的肚皮掀得啪啪响。小刘珍反而有点不好意思，看向母亲，母亲夹起一块青椒肉丝，塞进父亲的碗里，嘴里嘟哝了两句。外公抚着大腿，又开始讲他在上海摆地摊的事，这次黑帮老大是被他用井绳绞死的。母亲起身去刷碗，父亲跟着铲起了锅。小刘珍面对着外公，问他，黑帮老大一天吃多少顿饭？外公放下碗筷，左手右手比画出了一大圆，说，这是黑帮老大一天拉出的大便，你说他一天吃多少饭？

　　范明会为她准备好早饭，对半切的三明治，剥好了的溏心蛋，一杯热牛奶，整齐地摆在餐桌上。他们一起吃了很多顿饭，新街口的日料店，珠江路的烤鱼，鼓楼的花胶鸡，学校旁的一溜烧烤摊，刘珍在手机备忘录里记好了哪些店值得再来一次。不过他们也没再光顾记好了的那些店，好像它们慢慢蒸发了，剩下的只有褪色的招牌，留在刘珍的手机备忘录里。过年，范明和刘珍去吃火锅，热气扑在范明的脸上，刘珍拿菜单扇了扇，花椒的味道腾起来了，刘珍呛了一口，筷子上的毛肚啪嗒掉进了红油汤里。刘珍在卫生间里用洗手液搓，油斑消了下去，但还留着鸡蛋羹似的淡黄。她手撑着瓷砖台面，仔细地观察着脸上的皮肤，肚子里也像是有个痘痘在膨胀着身体。火锅店里装了个大电视，播放着春晚上的小品，范明说冯巩的脸又圆了，蔡明的双眼皮又宽了。两小只聊着，又问刘珍，过年不回去看爸妈，爸妈心里可能不好受吧。刘珍白了他一眼，说范明也没回芜湖，他爸妈可能心里更难受。范明夹着一筷子肥牛乐呵呵的，汁水往下滴，火锅里年糕扑通浮了上来。吃完火锅，刘珍拉着范明唱歌，我真的好想再活五百年，歌声飘飘荡荡的，越过了梧桐树上的积雪，霓虹映在马路上化好了的冰水里，一辆共享单车的车轱辘碾过了德基的香奈儿招牌。刘珍举起胳膊，怀抱着被楼房遮挡的夜空，范明一把搂住她，说明明点的椰汁，人怎么就喝醉了呢。刘珍摇晃着脑袋，说你不懂，今晚是我生日，我终于十八岁了 —— 范明扶住刘珍的腰，不让她倒向道路旁化了一半的雪人头上。

母亲坐在沙发上，说不同意这门婚事，在南京连个小公寓都没有。外公说，小伙子挺礼貌，领导肯定喜欢。父亲垂着头说，要是老家的房子拆迁了，可以给刘珍他们凑个首付。外公说，老家的房子不能拆啊，那是祖宅。说完，三人都不说话了。小刘珍不明白，提到过去的事，家里人总是会陷入整齐的沉默。她去小伙伴家借小人书，武松打虎，三打白骨精，有些字不认识，母亲说她忙着烧菜，父亲推一推眼镜，让她去听收音机，里面有中国选手奥运夺冠的消息。刘珍和范明去领证，民政局播放着新闻，东京奥运会推迟一年。范明跟她商量，婚纱照选浦口那家，还问她，是买婚纱还是租婚纱。刘珍说，他们租的这个小房子，哪里放得下那么大的婚纱。两人去景地拍婚纱照，化妆镜前热热闹闹围着一排的准新娘，她们叽叽喳喳地讲，哪家婚宴便宜，哪家婚庆公司靠谱，讲着讲着，又攀比起来，个头最高的新娘嫁了个金龟婿，最胖的新娘娘家有钱，小眼睛的新娘说她先生是公务员，一边说一边让化妆师把她的眼线画浓一点。母亲慢慢地睁开眼睛，松开敲木鱼的手，既然有缘，我也不阻止你们了，你们要想好，正缘孽缘，都是缘分。刘珍上了三支香，合手拜了拜。母亲回了一趟老家后，就在住所添了一尊佛像，外公说烟熏得他喉咙疼，父亲去开窗，外公说父亲是不孝子，白吃了他家这么多年米饭。刘珍打电话给母亲，说寓所停电了，过会儿手机可能没法视频，母亲问她今天食堂吃了什么，单位领导有没有找她谈话，刘珍讲了几句，说手机快没电了。挂掉电话，范明用手机电筒照着脸，来吓刘珍，刘珍叫了两声，去踹范明，两人闹着互相胳肢，又笑作了一团。哗地电来了，范明眼咕噜亮亮的，睫毛上沾了一点笑泪，刘珍抱着他的脑袋，说不怕不怕，狼外婆刚刚吃饱啦。范明推开刘珍，说刘珍是狼妈妈，专吃夜里找不到路的小孩，刘珍说，她要是红太狼，那范明就是灰太狼。范明说，下周

消失的骨头

咱们就去吃小肥羊火锅。刘珍说，不，她要过年时吃，一整年喜洋洋。

刘珍迈出了左腿，又迈出了右腿。光是走路，她就气喘吁吁。刘珍学走路时，母亲一直跟着她，有次打毛线时闲聊，母亲说她怕刘珍走着走着就没了。小刘珍边看动画片边听那些打毛线的妇女讲话，她还有个大她八岁的哥哥，坐火车去开发大西北了，可是大西北太大了，母亲想给他寄毛衣，怎么都找不到地址。电视里黑猫警长正追着一只耳，螳螂新娘哭着说她的新郎不见了，查了一圈，原来是新娘把新郎吃掉了。动画片结束，金龟子问小朋友们：哪些雌性昆虫会把雄性昆虫吃掉？ A.蜻蜓，B.蝴蝶，C.螳螂。小刘珍想去打热线电话，金龟子姐姐说有机会中芭比娃娃的。走到半路，发现母亲还在织那个袖口，老长老长的，像个螳螂的前臂。小刘珍坐在窗前，风吹得窗花哗啦响，她伸手去撕窗花，看见自己的手臂投在雪地上的影子，四根手指头像个肥硕的舌头，小刘珍吃了一惊，缩回了手臂，金龟子的声音在耳边回荡，大风车吱呀吱哟哟地转，这里的风景呀真好看，天好看地好看，还有一起快乐的小伙伴。搬到南京时，刘珍从床底的箱子里找到了几册小人书，还是线装的，她想起了邻居老教授，带她认了不少字，借小人书给她，还讲过六耳猕猴扮孙悟空的故事。小刘珍问，六耳猕猴不是有六只耳朵吗，唐僧怎么认不出来？老教授不回答她，去拿小熊饼干给她吃，吃了两片小熊饼干，小刘珍又去他家柜子里找猫耳朵，老教授把猫耳朵排成汉字，小刘珍认一个吃一个。小刘珍问老教授，他认不认识她的哥哥，老教授说认识，她问她哥哥长什么样子，老教授说，一副革命兵的样子，说什么以后要去海那边看看。小刘珍问，他是要去哪呀？老教授说，她哥哥想看更大的世界，要出国念书，将来外国人都得看他写的书呢。小刘珍似是而非地点点头，把猫耳朵组成的一撇吃掉了。

天边一行飞鸟，像墨点似的掉下去了。刘珍在红灯前停住。回家的道路像母亲打的毛线般越来越长。刘珍听见旁边的人脚掌上的软钉摩擦地面的声音。小刘珍被吵醒，推开塞在她胳膊里的玩具熊，起床看出了什么事。父亲垂头坐在餐桌前，母亲在沙发上低声念经文，外公的呼噜声一起一伏。外公说是来看外孙女，看看就走，城西小学旁

　　　　　　　　　　　　　消失的骨头

的肯德基都换了应季招牌，外公却没有走的意思。小刘珍把手里的鸡骨头投入垃圾桶中，外公又塞给她一杯奶茶，她说她还想吃一个蛋挞。肯德基内吵吵嚷嚷的，外公耳背，给她买了一盒鸡米花，她嘟着嘴，将鸡米花一个一个投入垃圾桶，桶外散落了几个，黄灿灿地抹在夕照上，影子拉长了，她来回的脚步一一跨过那些毛茸茸的影子。外公抱起小刘珍，问她以后想当篮球中锋还是前锋，小刘珍把沾着油的鸡米花壳子倒扣在他的脑袋上，炸鸡碎屑扑簌簌地掉落，外公摇摆着头，碎屑像游乐场的旋转陀螺一样被甩出去。母亲陪小刘珍坐木马，父亲举着借来的佳能相机给她们拍照，跷跷板快断了，滑梯的栏杆生锈了，秋千露出绳子的一截，小刘珍努力弯起嘴角，夕阳透过废弃的城堡尖顶照耀过来，母亲和小刘珍的影子映在地上，毛茸茸的，没有骨头。小刘珍从木马上下来，摇摇晃晃地跨过了城堡尖顶的长影子。母亲和父亲坐在水池的长凳旁说话，小刘珍蹲着看水池里的鱼，一条红鲤鱼把她的倒影劈成了两半。小刘珍挤着湿漉漉的棉袄袖子爬上坡，母亲还在那里说话，什么这么多年过去了，人找不到了，还有老房子没电梯，梅雨季节膝盖疼，将来在哪里养老什么的。小刘珍啪地扑到他们俩的背上，哈哈地笑，母亲回头，没有笑容，满脸的诧异，看着这个不像她孩子的孩子。小刘珍躺在坡道上，暮色中的云渐渐黑了起来，草丛中似乎有虫子窸窸窣窣地蠕动身体，身旁的芦苇高过了她的脸蛋。

刘珍依然没有下决心。街道旁的店依次亮起了灯，一串金黄的灯管从马路这头连到了那头，灯下面的店面分隔均匀，麻油菜包店、便利超市、来伊份零食店、图文复印店，还有一家外贸服饰店，一间小小的门面。范明带她去逛金鹰，给她买了一条绞金丝的裙子，前几天从箱子里翻出来，刘珍把范明蒙进被子里，拿手电筒光一照，一粒粒的浮光，像满天的星星汇聚成条状的银河。范明说，他要给刘珍买真正的金缕衣，刘珍哈哈笑着滚到他的怀里，要是有那个闲钱呀，我要把它放在余额宝里，像生蛋一样每天给我生小金子。刘珍没让范明给她买五金，两个人去了一趟泰山，早早起来，白云蒙着山顶一圈，柔柔的朝阳映在上面，像范明给刘珍的手指头套钻戒。范明指着刘珍的袖子，她手一摸，湿漉漉的，捂在范明的面颊上，范明一

消失的骨头

个激灵，脚底的石头被蹬掉了，哐当几声，像是砸到了大岩石上，崩碎了。两人起来，对着一点一点跃升的太阳扔石子，噼噼啪啪的，范明说太阳放屁，刘珍说太阳便秘，旁边端着摄像机的大哥笑得端不稳了。早上醒来，刘珍发现自己怀里还揣着那条裙子，昨晚和范明说着话就睡着了，餐桌上放着切好的三明治，牛奶在锅里热热地冒气，透明锅盖上结满了水珠。刘珍漱了口，坐在马桶上打瞌睡，浴室灯眨了眨，刘珍才清醒过来，喝了一口热牛奶，嘴里哈着气，问范明到单位了没。范明发了个笑脸，还发了昨晚刘珍趴在裙子上打呼噜的视频。刘珍发语音给他，让他删除，范明不回。刘珍套上鞋子去单位，在大院里来回打转，范明还是不回，母亲的电话来了，说刘珍要少吃点，她看朋友圈里的照片，刘珍已经很胖了。跑了半个月，还是越来越重时，范明陪刘珍去了医院。母亲说她多念经是对的，这么多年来，她总是安不下心，总感觉窗外有个影子，低声地叫唤着：妈妈，妈妈。

刘珍拐了个弯，迎面来了一辆汽车，明亮的远光灯照得她睁不开眼。小刘珍点燃煤油灯看书，看着看着煤油灯倒在台上，汪亮的一片。母亲用毛毯盖住了火焰。小刘珍拿着烧了半边的小人书找她的小伙伴，小伙伴生气，说以后不借给她了，小刘珍又掏出妈妈做的黑芝麻丸，塞给小伙伴，小伙伴不认账，说刘珍的爸爸是吃软饭的，小刘珍又叉着腰说，她爸爸吃过蛇肉，小伙伴说，她爸爸吃过老鼠肉，小刘珍嚷，她爸爸吃过龙肉，天上飞的那种，小伙伴见她得意，小声地说，我告诉你一个秘密，小刘珍把兜里的黑芝麻丸全塞给她了，小伙伴凑近她的耳朵说：你外公吃过人肉。小刘珍带着一脸抓花回家找爸妈，爸妈不在，她就去找老教授，问老教授知不知道她外公吃没吃过人肉，老教授打开一个匣子，说他这儿也有小人书，刘珍可以跟他借。小刘珍较真，追问他，知不知道外公吃没吃过人肉，老教授说，刘珍还小，没见过那么困难的时期。小刘珍说，她爸妈不准她来找他，果然是有原因的，他什么都不说。老教授摸着下巴笑了两声，说她爸妈以前是他学生，学生都怕老师哩。小刘珍说，她才不信他当过老师，他家的钟都是坏的，上课铃下课铃都分不清楚。老教授又笑了，拍拍小刘珍的肩膀，什么话也没说。小刘珍盯着窗旁那座不

消失的骨头

走了的钟，问老教授：下午四点钟是中国时间吗，还是美国时间？

公交车吞噬了站台上的人们。刘珍在人潮旋涡里旋转了一会儿，羽绒服上布满了褶皱。离开单位，她本想打的回去，在门口站了站，对面是个学校，小轿车堵了半条街，有个男孩背着马路，偷摸吃着烤冷面，葱花顺着他的嘴角淌下来。刘珍深吸一口气，闻到了炸了又炸的菜籽油在口腔里膨胀的味道。范明和她提过，他每天起来，给她做好午饭，让她带到单位里吃，不要吃单位食堂里的青椒炒蛋、红椒炒肥肉丝。有天刘珍醒来，看见范明穿着围裙烧饭的身影，油烟机的灯给他镀了一层金光，她抱住范明的腰，范明喊了起来，认出她后，才说，他以为他烧的酸菜鱼活过来了呢。刘珍剔干净了鱼刺上的肉，坐在工椅上看着天空发呆，云朵像一条鱼，钻进了她的肚子里，毛茸茸、软绵绵的，还咕嘟咕嘟响。母亲和她说过，不能多吃鱼片，把鱼千刀万剐，鱼的冤魂会缠着你的。刘珍让范明不要烧酸菜鱼了，她不爱吃，范明抱着她说，我们以后还有好多顿饭吃呢，刘珍被他紧紧抱着，肚子像是拼图一般凸出了一块。小刘珍在房间里玩拼图，母亲去天井收衣服，打毛线的妇女们还在聊天，压低了声音。小刘珍怎么也拼不出来那一块小熊图案，她在听她们说话，好像是有个青年，捂着缺了半边的耳朵，从学校里冲出来，父亲慢悠悠地从教室里走出来，咯了一嘴的血，过几天青年浮出了水面，胖得像个皮筏。小刘珍以为她们在讲故事，小伙伴说她外公吃人肉，怎么她父亲也吃人肉了呢？她父亲这样和言细语，怎么会吃人肉呢？看来镇上的人，都喜欢讲吃人肉的故事。小刘珍拼好了那块小熊图案，和老教授家的饼干形状一样。

刘珍捧起双手，呵了一口气，手指上覆了一层潮湿的热度。范明把刘珍的手捂在他的胸口，说他们会有儿子、女儿、孙子、孙女、重孙子、重孙女，刘珍让他不要数下去，再数下去他俩就是老妖精了。范明还带她去动物园，给山羊、兔子、土拨鼠喂胡萝卜条，洞里钻出了个头小点的土拨鼠，范明说那是土拨鼠的孩子，看着他一脸兴奋的模样，刘珍觉得他也挺不容易的，身为家里的老么，大学考得也不是很好，找到了个媳妇像找到了个宝。范明和她

消失的骨头

说，以后孩子大了，他就用床单剪几个洞，一起打地鼠。搬到县城来时，小刘珍常去世纪华联超市旁打地鼠，那里还有模拟赛车、投篮机、抓娃娃机。母亲去超市里买东西，买好了过来接她。那时母亲能带着她，手里拎着两桶油、一大包蔬菜果品走回家，父亲弄了一辆出租车，每晚要到十一点才到家。母亲给小刘珍煎鸡蛋，滋啦滋啦响，她一边煎鸡蛋，一边还看着养生节目，黄瓜胡萝卜榨汁，香蕉要挂着保存，红枣炖桂圆要加枸杞，看了一小半，会跳出8848黄金手机、蓝翔挖掘机技校什么的，小刘珍一手一支筷子，敲着碗、盆、桌子边沿，还有餐桌旁的瓷花瓶，母亲端着煎鸡蛋走来，呵斥小刘珍，筷子不能敲碗，越敲越穷。那时外公还没有上城来，父亲一天最多能跑到三百块。

范明搂着刘珍的脖子，讲，将来他赚到大钱了，首先得买一栋别墅，其次再买一辆车，然后得雇上一个司机，天天接送刘珍上下班。刘珍说，赚到大钱干吗还要上班呢？两个人哈哈笑，范明摩挲着刘珍的面颊，刘珍看着范明的眼睛，他的瞳仁里，走出了一个梳着发髻的刘珍，一手一桶花生油，食指中指还钩着一大包蔬菜果品。刘珍还想仔细看下去，那个梳着发髻的刘珍扭过头看她来了，风吹得发髻颤悠悠，花生油一晃一荡。刘珍被看得不好意思了，垂下头，听见了塑料袋互相摩擦的声音，有一撮小葱掉了。刘珍想喊她回头，阳光照在她的发髻上，钗子高高昂着，投在地上的影子像在竖中指。

来了一辆公交车，里面人少，只能瞧见司机高高地坐着。公交车打开门，停了一会儿，没人上去，它又走了。母亲喊小刘珍，让她把凳子扶稳了。父亲还在跑出租，母亲要换掉灯泡，椅子不够高，加了个凳子。母亲站在凳子上，凳子腿颤巍巍的，小刘珍感觉母亲是个朝天空开的车，越往上开，抛下的东西越多。母亲也和她表达过一样的想法，人年纪大了，吃得少了，念念经，心里也舒服。回了一趟老家后，母亲在佛堂前添了一个牌位，这个名字她见过，以前清明扫墓，那一圈最小的墓就是属于这个名字的，小刘珍问姑母姑父，谁也不说。倒是打毛线的妇女提过，这个小圆墓里，埋的是一把骨头，外公亲手放进去的。母亲在锅里炖着汤圆，臃肿的臀部赘肉刮到了油瓶，油瓶砰砰地晃了两下。刘珍感到母亲已经开不动她的车了，越往

消失的骨头

上速度越放缓，噗嗤地冒着气。外公还在房间里听京剧，唱腔和呼噜声此起彼伏。佛堂的柜子里还有一个牌位，上面没有名字。刘珍不止一次地问母亲，老教授临终前说了什么，母亲说，没往西北方的火车去，去的是东南方。刘珍想起镇子的东南方有一条河，顺着河漂流，能一直漂到入海口。母亲从橱柜里翻出一厚摞的毛衣，看了看，又放了回去。老教授要求葬在溺死的儿子身边，陪葬的是那个一直停在下午四点的时钟。母亲说这些时，正在敲木鱼，播经机读着经文，檀香沉在地面上。母亲记得那段时间，码头丢了一只皮筏，到处找，没找到。她翻了一页《地藏经》，嘴里念叨着，香灰掉了下来，碎成了两截。

刘珍和范明商量过，范明说，要不就留下这个孩子吧，耳部畸形不代表听力有障碍。刘珍说，她不想让孩子背负这么沉重的人生。范明听了不说话，去厨房给她煨红枣桂圆汤。刘珍起床，坐在沙发上，缝着那条绞金丝的裙子，裙子放得久了，穿了两次，有些地方豁了口子，金丝线冒了出来。刘珍对着台灯绞裙子，范明给她讲他童年时的故事，有一次他被一只狗追，他一边跑一边啃着香肠，香肠啃完了，狗也没追得上他，他还挺得意，结果回到家就挨了一顿打，原来晒香肠的那家婆娘从窗子里看到他了，那个婆娘和门口的人一打听，就找到他家来了，范明的母亲塞给人家一大包红薯干，他也挨了打，结果开学一看，那婆娘的儿子成了他的同学，两人一起出去晃，吃了不少人家的香肠。刘珍缝着裙子说，范明，你不是没的吃才到我家的吧。范明嘿嘿笑着，盛了一碗红枣桂圆茶，一股劲冲过来放在餐桌上，不停地甩手、跳脚、嘶嘶地叫，刘珍的脸绷不住了，咧开了嘴。范明摸着头傻笑，刘珍让他过来，抱住他的脑袋，让他听肚子里的胎动。踢了、踢了，他踢我了，范明轻轻地抚摸着刘珍微凸的肚子，我们留下他吧。

刘珍依然没有决定。站台上的人们跺着脚，手缩在两只袖子里。一辆辆车开过去，汇成发光的河流。半空中依然飘着燃着火光的纸钱。公交车在前一个路口等红绿灯，刘珍听见刺啦一声放尾气的声音。肚子咕咚了两声，她不知道是自己饿了，还是孩子在踢她。她撑着不锈钢的座椅站起来，公交车突然变高了，它直起了身子，往空中开过去，里面的东西掉了一路，有雨伞，有行李箱，有吃了一半的盒饭，刘珍追了过去，一路追一路捡，随着她的跑动，地上的纸钱升了起来，粘在了穿梭的汽车轮胎上，一路滚过去，滚向了孕肚般的黄色月球。

巴塞罗那的人

刘珍踏着一路的香樟果子往前走，一个接一个爆炸，她数着，哆瑞咪，咪瑞哆。母亲抬手摘下叶子，抿在嘴唇里哼唱小曲，小刘珍贴着母亲，将她的衣袖卷成了螺旋状。刘珍站在岸边大喊，她看见一个男孩坠海了，举着的细胳膊像翘起的果柄。毕剥一声，刘珍的脚再一次踏在了岸上。

马路上车少了，四个男人坐着摩托卡迎面而来，他们披着大棚顶上的橙色防雨布，风吹得他们头发乱糟糟，眼睛眯了起来，像是刚从被窝里坐起。刘珍往路旁躲了躲，一个男人钻出脑袋，朝她一笑，肿眼泡瘪了瘪。小刘珍蹲在废旧卡车上，等他们来抓，回头偷看，看见了后视镜里的自己，太阳把她照得光光的。许久没有声响，小刘珍坐下来，摁着头，目光搭在卡车边沿钻出的狗尾巴草上。卡车猛地一松动，小佟坐在了卡车驾驶座上，来回打着方向盘。刘珍问过自己，要是那卡车还能动，小佟会带她去哪里呢，开到北京去，早上爬长城，晚上逛天安门，冬天下雪了，出去玩掼炮，地上炸出一大朵白花。

小佟躺在草地上，吐掉狗尾巴草，和小刘珍讲威尼斯的贡多拉、英国的塞纳河、法国的巴黎圣母院，小刘珍指着天上的云，说像黄烧饼，小佟说，你不懂，在意大利，这叫比萨。两个人在草地上斗老蒋，两根狗尾巴草互相拴着，各拿一头，小刘珍赢了，小佟说，你是运气好，小刘珍不服，说上海的姨娘给她带过凤梨酥，又大又甜，小佟眼睛睁圆了，嚷着小刘珍欠他三颗弹珠，用三个凤梨酥还。小刘珍坐在家里吃糖藕，小佟把她家门拍得咚咚响，开了门，小佟换了一身干净衣裳，说带她出去玩。小刘珍踩着小佟双手搭出的肉梯，跨过中学的围墙，踩着水泥剥落了露出的红砖，落在了苔藓和芨芨草构筑的泥窝里。小佟哗地往下一跳，一块泥包着苔藓溅起来。小刘珍说她糖藕吃了一半，手还黏糊着，小佟食指竖在嘴唇中间，另一只手指向河面，一辆巨大的轮船经过了码头。他俩不止一次地谈过，去欧洲，去东南亚，坐飞机还是坐轮船，小佟说，大西洋里有好多海豚一起一跳，太阳趴在海面上，亮得像镜子。小刘珍又说，云朵上面也有太阳，太阳也一起一跳，云朵裹着阳光，舒服得像被窝。两个人站在码头，风吹得头发扬起来，小佟傻笑着牵小刘珍的手，轮船呜呜响着，太阳圆得像颗喜糖。小佟噗噗噗地从滑梯上滑下来，牛仔裤裤兜都被蹭白了，小刘珍看着他一颠一颠的，手里高高举着云朵般的棉花糖，风一吹，棉花糖飘到天上去了，又一吹，掉到了刘珍的婚纱裙角，范明吃力地给她穿婚鞋。伴娘说，要不让化妆师给她换一双，婚鞋要穿着站好几个小时呢。范明回头去唤化妆师，刘珍一咬牙说，就这双，钻又大又亮。伴娘扶着她站起，白色的裙尾散开，化妆师给她手腕上扣了一束鲜花，她挽着父亲的胳膊走上台，长长的裙摆拖着，哪个气球炸了，裙摆蒙在了破掉的气球皮

巴塞罗那的人

上，刘珍喘口气，起了起脚，一脚一脚地靠近范明，范明笑着，灯光如潮水般涌来，台下的宾客约了拼酒，小孩子握着高脚杯，司仪歇了歇嘴，大西洋里的海豚一动一动。

　　树摇得沙沙响。刘珍看着脚上的鞋带一跑一回，母亲做手术时，小刘珍就在玻璃板后看着，母亲伸直了手，是和人要着什么，身体猛地一颤，手臂又垂软下去。医生走出手术室，和小刘珍说，你妈生你不容易，回去记得给她煎中药喝。小刘珍把水壶架在炉子上，蒲团扇一左一右，打了瞌睡，水壶差点烧穿了底。母亲还躺在床上，小刘珍用锅铲铲掉壶底的黑皮，加了水，蒲团扇一推一挡。将药茶端到母亲床头，听见她在哼着什么，什么录音机、唱片机、迪斯科，都忘掉，她以为母亲说梦话了，叠了热毛巾敷在她额头上，母亲猛地抓住她的手腕，捏得很紧，嘴里喊了几句，手松开了。刘珍放开了自己的步子，一声汽笛盖住了香樟果的毕剥响。

　　范明去社区做志愿者了，晚上和她视频，说前几天下雨，鞋子都湿了，让她别怪他味道大，说着他自个儿笑起来，刘珍不知道这事有什么好笑的。刘珍端着脸站在镜子前，勾住嘴角往上翘，脸上的生气随着牙缝哗哗往下漏，她希望范明见着她的时候，她还戴着口罩。刘珍大姨妈疼，范明给她熬桂圆红枣茶，还加了桑葚和枸杞，送到她唇边，窗外又欢闹起来，一群大妈正在跳广场舞，范明跑去关窗，刘珍一勺勺舀着桂圆，红汤透亮的，桂圆一浮一沉，桑葚往上泛起了渣。两人第一次见面，在新百的一家茶餐厅，刘珍叉了一小块西多士，范明用筷子将公仔面仔仔细细地卷起一个卷，聊到好笑的了，西多士的糖渍顺着叉子淌到了刘珍的手指上，范明卷好的面条啪地松了。

小刘珍坐在码头的台阶上，濯洗手指上的黏液，小佟坐在石码头上摇晃着腿，小刘珍问小佟，可以去日本、美国，他最远能去哪里呢？小佟托着腮思考了一下，啪地跳下水，往前奋力游着，嘴里在嚷，你看我能游多远。小刘珍在台阶上跳着蹦着，说，你能游到太空里面吗？小佟在河面上消失了一会儿，小刘珍来回踱步，脚指头在水里拍出了水花，数到二百多时，小佟钻出来了：我又回到地球啦。上岸后，小刘珍问他，太空里面是什么样子，小佟说，模模糊糊的，有点光，大部分是暗的，他感到没有重心，走一步，跳一步。两人跑到石码头上，一跑一跳，洼塘里的水珠溅往四边，小刘珍朝小佟喊，你不是地球人啦，小佟朝小刘珍喊，你有个不是地球人的朋友啦。河面上的轮船呜呜响着，有大有小，小佟捡起小石子往轮船砸，小刘珍也砸，河面上漾起水花，大半的浮萍都翻了个面。

刘珍打开手心的硬币，是反面，范明跑去洗碗了。她能感受到手盖在菊花图案上的凹凸。小佟跑去小卖部，一块钱硬币换了五袋冰杨梅，坐上了那辆卡车，小佟变成了老佟，小刘珍剪短了扎着五彩皮绳的辫子。两人坐在石码头上，晃荡着腿，往河里吐着杨梅核，小刘珍问他，你要是真跑到太空去，会不会往大海里吐杨梅核呀。小佟笑了，说，太空里一切事物都会飘浮起来，杨梅核飞得比他还快呢。小刘珍认真看着他，阳光下，他慢悠悠地浮了起来，手里的冰杨梅往上飘，轮船也跑云朵上去了。

刘珍弯腰紧了紧鞋带，身旁建筑的玻璃门映出了她的身影。外婆给她跳过舞，穿着米黄色的羊毛衫。外婆让小刘珍坐在她的轮椅上，把棉布裙子撩起，高举胳膊，兰花指指着太阳，花白的头发一闪一闪的。小刘珍给外婆鼓掌，外婆的身子渐渐松掉，一寸寸地融化，淌在了床上。母亲说给小刘珍报了少年官，外公从生锈的饼干盒里拿出一支簪子，插在小刘珍扎好的双丫髻上，说这是小刘珍曾外祖母留下的，她把外婆安顿好，往东去了上海。母亲带小刘珍去上海看姨娘，姨娘讲起母亲，小时候模样好，外婆带她在上海街头逛，差点被一对白人夫妇领养走。姨娘去哄小刘珍，黄油味浓的曲奇、葱香的老字号饼干，小刘珍吃得双颊鼓起。范明给她囤了一箱子饼干，高高摞在厨房旁的货架上。一段时间，范明有一星期回不了家，有天刘珍醒来，屋子里没人，外面没有灯光，云遮住了月亮，她起床，拆开箱子，一口接一口地吃饼干，吃得喉咙干噎，她又去冰箱开了一罐牛奶。冰牛奶顺着食管灌下去，饼干碎涨起来，刘珍猛地一吞，身子往前一抢，饼干喷了出来，牛奶喷涌而出。刘珍睁着眼睛躺在床上，风吹着隔壁人家晾晒的衣裳，啪，啪，啪，房间里有蚊虫的嗡嗡声。天亮后，范明没接到她的电话，她拿了个凳子，跑下楼，坐在一楼大厅里看雨水落下。小区里没有人，墙上的防疫告示被风吹得一掀一掀，雨水蓄在洼塘里，叶子掉下来，浮了一会儿，搁浅在了一边。范明来电话，说他夜里忙到一点多，早上又被电话催醒，刘珍嗯嗯着，没仔细听，眼睛瞧着门外的八哥，绕着树根啄虫子。刘珍跑上楼，剪开四根火腿肠，摆在门廊下面，要是见到猫狗就好了。电梯旁有电视屏幕，播报着早间新闻。刘珍扭过头去，把玻璃门打开，听风雨的索索声。小佟给她听过海螺里的声音，耳朵凑上去，海风回旋，海浪拍打，小刘珍说这是假的，是一个音箱，小佟跑回家，又抱着一大摞海螺跑过来，说这是他爸爸去广东调研时带回来的，让小刘珍挨个听。小刘珍一边听一边问他，他爸爸跑去广东干什么呀。小佟说，他爸说，在广东，每年都可以下海游泳，游到美国去，游到欧洲去，在那里晒沙滩浴，吃蛋筒冰激凌。小刘珍把海螺还给小佟，说，她觉得海螺太疼了，一天到晚喊妈妈。小佟嘿嘿笑着，说他要是去了广东，每天往台湾游个来回，吃一顿正宗的凤梨酥就走。两人坐在熏烧摊旁的板凳上谈了许久，熏鹅剩下了些小腿根，两人啃了几口回家了。

母亲还在天井里晾晒内衣，水桶里的水绛红。厨房里放着刚洗好的净菜，鱼片好了，肉丝码在一起，小刘珍喊了一声，母亲对她说，她父亲去隔壁家打牌了，让小刘珍给锅加水，水沸了叫她。小刘珍去过隔壁家，那个碎嘴阿姨在天井里晒满了花裤头，一边晒裤头一边还骂人，见小刘珍来了，换了一副神色，给她塞麦芽糖，小刘珍被糖糊住了嘴，碎嘴阿姨哈哈笑，说，你妈呀，年轻时少张点嘴就好了。玻璃门外风涌进来，防疫告示啪地翻了个面，露出了底下的新年祝福卡片。范明说了，等稍微松一点，带她去挑婚纱，拍婚纱照。他俩上次出去，还是去夫子庙过元旦，两人看了花灯，吃了梅花糕，将许愿卡牢牢系在树枝上。范明用指腹摩挲她的脸蛋，刘珍环着范明的腰，人群中，刘珍仿佛看见了小佟，他越来越小，跳上了一盏孔明灯，遥遥地飞上天了，天空下起急雨，啪嗒啪嗒，孔明灯被雨点打趴在地上，小佟一摆一摆地滚出来，发丝湿漉漉的，衣服贴在身上，隐隐透出皮肤的粉，刘珍走过去，小佟从口袋里掏出一颗冰杨梅，往天上一抛，那些或沉或浮的孔明灯拥在了一起，卡车一般往上冒。范明抱着刘珍，顺着她的目光往天上瞧，月球蓬蓬地往下掉渣。两人又去吃了火锅，白气蒸腾，范明的头在里面一耸一耸的，刘珍对他说，这一天过去了，以后不会有这样的一天了，范明说他没听清，刘珍从滚着泡的清汤里捞起一块羊肉片，白气把她的面容也模糊了。

　　学校的钟楼一点一点露出来，树梢点着匆匆的绿。学生们已经放假了，操场的沙坑里飘着一些口罩。范明和她商量过，以后有孩子了，上什么幼儿园，上完幼儿园，上什么小学。刘珍没在听。小刘珍说，中国外面还有别的世界，小佟说，美国外面还有太空。两人在石码头上静了一会儿，小佟说带小刘珍去吃炸串，小刘珍被裹在了小佟的影子里。小刘珍说，今天后面有明天，明天后面有后天，到了明天，今天去了哪里呢？小佟的脸贴在了卤菜店的玻璃上，要猪肘，要鸡翅，要牛百叶，老板，记在我爸头上。两人靠着电线杆吃得很香，小佟又讲起广东，那边还有好多香港人，说英语。范明说，香港感染的人很多，最近少买香港的商品。刘珍想起香港的码头，人们一箱箱卸下货物，船一寸寸往上浮，水手啪地落下地，一个妇女指着水手身后的大海喊，水手回头，强烈的阳光灼烧着大海，妇女捂着肚子，没人再喊出声。外婆脸上搁着笑，让母亲以后别再去参加什么比赛了，母亲攥着外婆的手，泪珠子往下掉。小刘珍出去上厕所，医院里的走廊很长，吊瓶的点滴声，针头猛地往外一拔，有人叹了口气。父亲在医院楼下抽烟，小刘珍跑上阳台，蹲下来，楼房涨了上去，站起来，楼房落了下去，小刘珍咯咯笑，父亲捏着烟往头上瞧，小刘珍跑回了走廊，走廊多了一个轮椅，风吹得它和小刘珍一起向前，一头扎进墙壁。范明带她去看电影，《海上钢琴师》重映了，船炸毁了，录着钢琴曲的唱片被掰碎了，范明说，真可惜啊，刘珍转头看他，银幕的光一层层飞掠他的面颊。

　　小佟站在码头的废船船头，挥舞着手臂说，我是世界之王，还像模像样地给小刘珍买了一条蓝玻璃项链。刘珍躺在沙发上，看着天花板上的吊灯一晃一晃，范明煮着瑶柱粥，海浪的咸味扑来。刘珍脱掉了马甲，电视机屏幕一点一点勾勒着她的身形。母亲在被窝里啜泣着。早晨醒来，有着人形状的被窝瘪下去了。小刘珍认真地问医生，出生前，人真是活在水里的吗？医生点点头，让她把新开的中药带回家。范明带刘珍去坐长江号渡轮，人们跑上了甲板，刘珍站在船头，看渡轮穿过长江大桥，船桅很高，并没有撞上。刘珍回头看范明，头发往后跑，汗衫紧紧地贴在他身上，他也有小肚子了。刘珍趴在范明的怀里，外面在下雨，一点一滴地碎裂着。他们还在忙年夜饭，电视机播报着新年联欢晚会倒计时。小佟和小刘珍在雪地里堆雪人，滚一个大圆，再滚一个小圆，小刘珍用树枝画出五官，小佟摆着头看了半天，回家扯了块布单，披在雪人的头上，像庙里的观音呢，小佟眯眯笑。新年起床，小刘珍吃了雪片糕，走来看雪观音，雪观音眯眯笑，融化了一半。夜里放炮仗，小刘珍又来了，雪观音消失了，布单蒙在地上，小刘珍掀开布单，下面有一摊水，烟花照亮了半空，小刘珍看见了自己一闪而过的脸，也在眯眯笑。学校的铃声响了，传达室的老头站起身，并没有看到孩子们。旗杆扬着国旗，操场像船一样摇摆起来，穿过大桥，人们挤在船头。

刘珍静下来，看一只八哥跳着脚环绕灌木丛。她不知道明天会怎么样。八哥的头一低一高，扑着翅膀飞走了。母亲和她念叨，她姨娘老了，又一个人在上海，可怎么生活啊。姨娘当知青的时候，一直住在外婆家里，回到上海已经过三十岁了。刘珍去上海考研究生，姨娘来宾馆看她，橘子剥了一半，忘在了卫生间里。外公和小刘珍讲过，曾外祖母歌舞都好。小刘珍问外公，那你在哪里，看到过曾外祖母唱歌跳舞吗？外公咧开嘴，我还在背《三字经》呢。小刘珍惊讶道，外公，你也那么小过吗？外公哈哈笑，你曾外祖母啊，也像你这么小过，每个人都小过。刘珍没考上研究生，想出国留学，叙利亚那边在战争，母亲说她不放心刘珍一个人出国。

小佟坐在石码头上吃冰杨梅，河面上一个窟窿接着一个窟窿，他想起了什么，对小刘珍说，这里以前死了好多人，河水都染红了。小刘珍愣在那里，啃了一口的冰杨梅啪地掉在石头上，咕噜几下又砸了河面一个窟窿。小佟又讲，他们都漂在河面上，像船一样，一会儿你撞我，一会儿我撞你。小刘珍哗啦哗啦收着小吃袋的口，手撑着石头要走，小佟拉住她的手说，他们后来都沉下水，跑到太空里去啦。小刘珍又坐了下来，两人看船呜呜地开过去，尾巴拖着长长的涟漪。范明笑起来，眼角布着或深或浅的鱼尾纹，刘珍用手指抹抹，摊平了一寸，松手又皱起。拍婚纱照时，范明带她去坐摩天轮，周围的楼房矮下去又高起来。在顶端，刘珍和他拍了合照，范明笑得很开，鱼尾纹往后头伸了伸。小佟还在那条废船上举着胳膊，让小刘珍也上船。小刘珍犹豫了很久，搭着小佟的双手登上船，平展着胳膊，小佟环着她的腰，风吹过来，摩天轮又到达了地面。刘珍看着再次高大起来的楼房，楼顶的人家晒着红色的被单，一个女人拍着掸子，刘珍看不清女人的面容，女人也看不清刘珍的面容。女人身后的客厅里亮起了灯。

然后，巴塞罗那的人们笑了起来。

刘珍想起了她在书上看到的这句话。那本书讲的是叙利亚难民们如何乘着船抵达巴塞罗那。海面上满满当当的一艘船，人们的脚拖在了海水里，一边唱着家乡的歌谣，一边想象着海岸上的灯光。母亲在澡堂里边洗澡边唱歌，小刘珍在旁边的花洒下打肥皂，澡堂里的人并没提出异议，听着水声哗哗，还有母亲唱的《在希望的田野上》，擦背的女人甩了甩毛巾，和着母亲唱起来，又有两三个女人跟着哼起来。小刘珍站在花洒下，清水洗去了她一身的肥皂沫。小佟从水里湿漉漉地爬上来，小刘珍问他，太空里有那么多东西，为什么叫太空呢？

刘珍无法确定明天会发生什么事，她是和范明摊牌，还是一句话都不必说。范明特地请了假，带她去栖霞山，枫叶颤颤巍巍地红着，山脚下满是卖烧饼卖水果的小贩。刘珍到了栖霞寺，坐在凳子上看庭院里的那株古银杏树，黄了一大片。几个孩子在树下捡着银杏叶片，灰色的香火袅娜着蒸腾到上空。母亲讲过，那些人从外公家石头缝里搜出了一本外国乐谱，把外公的所有藏书搬走了，摞成一堆，放火烧了，外公没哭，反倒在那儿笑，外婆挂着舞鞋回来了，问他为什么笑，他说，难得，他看见贝多芬在火焰里跳舞。

范明喊她上山，刘珍拜了拜佛像，跟着范明爬山，顺着台阶上去，刘珍可以看到很多鞋子，有跑鞋，有单鞋，有靴子，还有一双细跟高跟鞋，穿细跟高跟鞋的是一个中年女人，她眼圈有点红，手里抱着一炷香，细跟崴来崴去，她慢下步子，等后面的人一个个超过她。山顶可以看见长江，闪闪的一条，或大或小的轮船缓缓地行驶着，隐约能看见船板上有人走动。刘珍想起了那个碎嘴阿姨提到的上

巴塞罗那的人

海轮船上的男人，搬家时，她在杂货堆里找到了一张名片，可能是那个男人的名字，头衔是全国歌唱比赛组委会主任，她还找到了三条花裤头，布料很劣质。长江边趴着几块大石头，那个从叙利亚出发的红衣服三岁男孩，还静静地趴在沙滩上。小佟临走前的那个夏天，天气特别热，好几个月不下雨，大人们光着膀子下棋，小刘珍拍着蒲扇乘凉，小佟把她拉走，跑到中学围墙边，小佟搭着手让她上去，两人又跳进了泥窝里。石码头下，水位退去了一大半，台阶下还拖着一长串台阶，长满了苔藓，苔藓上还有几条翻肚皮的小鱼。小佟让小刘珍仔细往河岸看，顺着小佟的手指，小刘珍看见河水里，露出一尊观音像的小半截身子。小刘珍静着脸看了半天，说，谁把她拉到了河里，小佟眯眼一笑，说，她一直在那里。两人沿着长长的台阶爬上爬下，小佟捡起还在冒泡的鱼，扔回了河水中。玩累了，坐在石码头上，小佟又和小刘珍讲威尼斯的贡多拉，法国的塞纳河、巴黎圣母院，小刘珍说，你已经不是地球人了，你要想一想太阳、火星、海王星和冥王星。小佟用手指抠抠脸颊，说，我还会去更远更远的地方。两人就"更远更远的地方"讨论起来，小刘珍说，要先去日本，然后去美国，小佟认真着脸问，你来广东省吗，小刘珍歪歪脑袋说，等我把家里的凤梨酥吃完，我就去广东找你，你游到台湾时，记得多买一份凤梨酥。

刘珍没想到，佟大成还是来了南京。他说他带了点特产，想见她一面。两人坐着，吃着手里的凤梨酥，不知从什么谈起。佟大成说，到了广东，他爸生意大了，和母亲离了婚，他一直寄养在别人家里，他爸每月给生活费。刘珍问他现在在做什么，佟大成说，他去过很多国家，现在做起了留学生意。两人沉默了一会儿，佟大成说，他在意大利买了张很难得的唱片，还特地带了台唱片机，刘珍肯定很喜欢听。两人坐在宾馆的床上，古典乐流淌出来，房间里没有其他声音。音调越来越高，佟大成抱住了刘珍，伏在她的肩头，轻轻啜泣起来。

刘珍隐约能看见药店的招牌了。她想起了冥王星，它已不是太阳系的行星了，太空又小了一点。范明还在做志愿者抗疫，很久没回家了。她无法确定纸上是一条杠还是两条杠。母亲说，等过段时间，一家人一起去上海坐轮船，看看大海。

然后，巴塞罗那的人们笑了起来。

2015年4月18日，一艘渔船在利比亚海岸附近沉没，船上约八百名移民遇难。据悉，目前意大利政府只捕捞出一百多具尸体，他们已得到妥善安置，遇难者的身份正在逐步确认中。

药店越来越近，刘珍看见了玻璃门上的自己。书中说的是一百多具尸体，那还有六百多人留在了海里。刘珍想象着他们像船一样在海面上漂荡，过了这么多年，一些人头留在了意大利，手躺在希腊的海滩上，两只脚还在地中海里行走。她缓缓摘下了口罩。她听不清玻璃门里的自己唱的是什么。

如何在游乐场度蜜月

刘珍空手走出大卖场。阳光透过卖场上方的横幅，"清仓价"三个字如横竖倒着的骸骨。她穿过了玻璃门，身后的影子被门截成了两半。热浪涌来，她听见提包里的塑料袋哗啦作响的声音。她应该买两袋牛奶，光明牌的。夏日正浓的时候，母亲把光明牛奶在冰箱里冻一晚，剪开捣碎，放点蜂蜜泡过的红豆，浇上一勺炼乳。她咬一口香芋棒冰，让它在奶冰尖上融化。到了三伏天，母亲会买些莲蓬，坐在木凳上剥莲子，炉子上蹲着凹凸不平的铝锅，兑上百合，加一把葡萄干。葡萄干是新疆的，母亲用木夹封好，摆在碗柜深处。巷子里的小伙伴来时，她会匀一点葡萄干给他们，还像模像样地卷一卷封口，拿木夹夹住。公交车站牌在阳光下站着，与它的影子构成了一个夹子。来回的车辆宛如失去弹性的弹簧，她艰难地绕过去。身后大卖场的喇叭声小了，火焰中的灰烬向内蜷曲。

刘珍伸出指头，按下了按钮。上次来这家自助银行时，是和范明来存份子钱。他们清点了一夜，总是辨不清人和份额。范明打着哈欠说明天再收拾，她说明天得出发去度蜜月呢。那晚他们睡了三四个小时，起早来了这家自助银行存钱。高铁上玻璃蒙起了一层雾，她擦了擦，画了个图案，又抹掉了，像毛线球。范明举着胳膊将行李箱放上隔板。她看见他T恤袖子里的腋毛，扑哧一声笑了，气体透过口罩，眼镜上蒙了一层雾气。范明摘下她的眼镜，抽出面巾纸帮她擦去。她看见他侧面的睫毛，从幽深的眼窝里探出。她仿佛听到了银行存款机里唰唰的声音。范明打开眼镜，帮她戴上。他有两三根睫毛是卷的，透明的水面上映着芦苇的倒影。透过镜片，是范明棕黑色的瞳孔。她看见了自己，以及高铁玻璃上逐渐暗淡的手指印。像是画押。她想起了婚礼当晚，她一笔笔记下来客的姓名与份子钱。范明拆开一盒喜糖，巧克力已经融化了，留下螺旋状的指纹。

卡上还剩一万多元。范明教过她如何查询手机银行，后来她手机被他摔坏了，重买了一个，没下那个软件。她在自助银行里吹了会儿冷风，隔壁是家花鸟店，叽叽喳喳叫个不停，不时有个男人捧着一两束红玫瑰穿过马路。她看了看胸口的汗渍，一绺细细的盐白边。十多岁时，母亲工作的电视台组织员工旅游，她站在沙滩上，问母亲大海为什么是黄色的。母亲抽出一沓卷边的人民币给人家，她套着救生衣坐上摩托，海风吹得她裙子整个被掀翻，她瞥了瞥反射镜，开海上摩托的小哥墨镜上，只有一片辽阔的大海。摩托绕过了一块礁石，海浪扑向她，她捂住脸，裙子又被掀翻起来。母亲问她感觉怎么样，她说，是大海，咸的，没错。第二天一早，母亲带她去拜佛，山上人很多，她听得见海浪拍打她们脚趾的声音。母亲把三支香插在香炉上，她看着母亲的背影渐渐蓝了起来。太阳从云层中出来了，人们把刚摘下的帽子又戴了起来。过了一会儿，飘了一阵雨，下山时，她在一汪积水里看见了金色的佛手，下了一个台阶，灰色云朵闪了过去，随后猛地一亮，她到了下个台阶。母亲橘红的丝巾柔软地披在肩上，向晚泛金的河流温柔地怀抱着船只，母亲的头发飘摇如时高时低的酒家彩幡。她想象着等她长大了，穿着蓝白色的旗袍，端起一只透明的高脚杯的模样，拂面飘来了几滴雨点。

范明喜欢刘珍那身白领蝴蝶结扣的天青色旗袍。她见他时就这么穿的，梳着歪在一侧的麻花辫，戴着黑金色边框的眼镜。那副眼镜，在上次搬家时丢了，她模模糊糊地找了家眼镜店。范明还在加班，回家时，并未发现她脸上有何不同。她给他煮了一碗汤面，打了个荷包蛋。他给她讲他们单位的事，讲着讲着，他们俩同时陷入了沉默。因为插座不够而高高吊起的节能灯，照出范明拿汤匙的模样，他像个手持手术刀的医师似的。她躺在了沙发上，她以为他会过来看看她的肩胛骨、大动脉，或者胃黏膜什么的。卫生间响起了水声。她打开了窗户，听着汽笛响。夜晚的黑淹没了汽车的黑，像水波遮住了鱼皮的褶皱。她抽身离开了屋子。走廊上披洒着半片月辉，梧桐树顶的叶子横斜着，像一架架飞去又旋回的飞机。刘珍喜欢在巷子口看他们扔飞机，蓝的、白的，还有用褐色瓦楞纸组装的。炊烟升了起来，孩子们捧起米饭，有的拿着五毛一块去买卤煮。那些蓝的白的飞机已经飞皱了，一两架埋进了青色的屋顶瓦片中。冬天时，瓦檐垂下冰凌，偶见蓝的白的碎屑在里面。福联飘了起来，沾在冰凌上，太阳一出来，福联渐渐剥离出来，红色流苏往下滴水。等雪化得差不多了，窗外的炮仗声轰隆起来，他们套上胶鞋，出去捡没点燃的炮仗头。有个胖小子噗地躺在了雪地里，将炮仗头点燃扔上天，啪啪，炮仗空壳弹到了他的面颊上，他哈哈笑了起来，脸上升起两团红晕。夜空飘过几朵云。她双臂撑在走廊的窗台上，楼房的灯盏明明暗暗。不知哪里传来了钢琴声，很青涩，断断续续。她摊开了手掌，月光在掌纹里闪烁、流动起来。它们向前奋力游着，水泡鼓起宛如雪地里膨胀的面颊。

　　风吹凉了她的脚脖子。刘珍打开了自助银行的门，热浪袭来，人影波连又晃动。她在梧桐树下倚了一会儿，阳光透过树叶照下来，海平面上涌出炙热的浪。一对情侣牵着手走过去，他们的影子穿过了她的身体。她想起了范明，他的手指穿过她的手指，给她戴上钻戒。这是水钻，婚礼道具，白色的灯光打在上面，她看见范明的脸变蓝了，又变得无限接近于透明。她浮了起来，银色的碗碟、白色的桌布、蓝色的彩条、粉的花簇，以及穿着短袖睡衣的人形玩偶们。她摸到了柔软的睡帽，毛茸茸的触感，像平滑的肌肤包裹着青紫色温热的血脉。她顺着血脉向深触摸，便有围了一层纱的白细胞跳跃、消匿。她涌入了她自己的怀抱，指甲生长如花簇垂下瓣蕊。她再次睁开眼睛，那对情侣像是被强光吞噬的癌细胞。

　　一辆自行车经过了她。她听见了磨刀剪子铰碎了一条街的声响。从东海那边回来后，母亲用针线缝好了她衣服上的所有洞。有个洞在手肘外侧，做作业时老是露出来。期末考试她后排的那个男生没考好，却笑个不停，他说刘珍的补丁像个王八。她把他写给班花的信全改了，说班花压秤，班花一个学期都没理他。蚯蚓似的缝线很快肥出了油，冷风往里面灌，她套了件毛线衫，孔又大，她把贴花纸贴在手肘上了。后排的那男生偏说刘珍是个被封印了的王八。她攒了几天的校供早餐奶，替换了他抽屉里的，整个教室都知道他昨晚吃的皮蛋拌豆腐了。运动会时，她五十米跑了八秒八，回来擦汗，一脸的油。那男生起身去小卖部买水，摔了一嘴泥。她在他脚下倒了洗手池旁的肥皂水。那届运动会挺难忘的，有个学生被奖牌磕坏了牙，他们看着他把磕下的牙扔上小卖部的屋顶，老板娘在里面看韩剧《人鱼小姐》，哭得稀里哗啦的，他们买光了所有的小浣熊方便面，老板娘一边收钱一边抹眼泪。前些日子她回小城换驾照，路过了那所中学，中学正在扩建，有个男人戴着安全帽，用卷起来的报纸指上指下的。他长得挺像后排的那男孩，宽下颌、小眼睛。她叹了口气。她有很多年看不见报纸了。

刘珍去星巴克买了杯香草拿铁。她第一次面试就在星巴克，那是家新媒体公司。那时她很想留在南京，底薪也没计较。在新媒体干了三个月，老板说他要出国深造了，商量着转手，没转成，她季度奖都没拿到。晃悠了一个多月，她跟着人家干起了培训辅导，挨个打电话，问询人家有没有孩子、孩子多大了，干得好的那几个月，她经常去夫子庙吃夜宵，离得近，有次从栏椅上醒来，手里的酸辣粉流到了地上，裤子上洇了一片。有个远房的婶婆家在南京，母亲托她给刘珍介绍对象。基本吃了两顿饭，就没下文了。婶婆问人家原因，人家都说还行，当个朋友处处看。她也回过一个男孩，原因是有点矮，她就说那段时间太忙了，顾不上，没缘分。范明是她考上教师证后，学校里的教导主任给她介绍的。她经常在语文课上想起她的外婆，在她年幼的时候，外婆总是带几个学生回来朗读课文。小镇上人都认识，到了饭点传句话，很快学生就回家了。有两个渔船上的孩子朗读得很好，外婆常把他们留下来吃晚饭，母亲会切点香肠、咸鱼什么的，那两个孩子也客气，一人抱了一条鱼来，说下个学期就不来读书了。其中的女孩长得很秀气，作文写得也好，随父母去别的镇了。听说男孩贩鱼去了，盖了栋房子娶媳妇，结果有一年冬天鱼苗都冻死了，长成男人的男孩也消失了。外婆退休后，喜欢用收音机听京剧，外公出去打麻将，一打一宿。离开小镇后，外婆给他们寄过咸鱼，还用层层报纸裹着几本书，都是《论语》《边城》《红楼梦》之类的。外婆过世后，她以前的学生来拜访过，外公把他送的梦之蓝喝掉了两瓶。

　　她在讲台坐下来，让学生们自己朗读课文，她还留着新媒体老板的微信，他做起了代购，她向他买了个打折的名牌皮包，先前那个她觉得矮的相亲对象，还问过她要不要办银行信用卡，有箱包送。前排那个缺牙的男孩朗读起来响亮又漏风。她想起外婆坐在窗边，小心地把那些多音字标注出来。光顺着窗棂淌进来，收音机发出刺刺的卡壳声。

　　星巴克的门丁零丁零响，上面挂了串风铃，刘珍看向那个正在冲奶沫的戴猫耳朵发箍的女店员。哔哔响的收银台旁的男店员，时不时偷瞄她一眼，然后清清喉咙，喊某某的冰美式好了。男店员转过身去，她看见他裤子侧边的耐克标志，钩上多了一个点。刚开始认识范明的时候，他的衣服总是比他人大一号，宽大的袖子能瞧得见腋毛。教导主任说他俩是校友，他是体育特招到南师大的。她看见他穿着李宁的T恤，阿迪达斯的短裤，耐克标志的鞋子，坐在饭桌边问她是不是叫刘珍。他李宁T恤的后背，还有一道蓝色的颜料渍。订婚的时候，他和她提及，韧带受伤后，他爱上了绘画和可乐。拿了结婚证，她给他买了几件合身的衣服。搬到这个小区，他总是在楼下费力地跑着，小道弯弯曲曲，他的脚有时踩到了草地上，到了雨天，汪出个小水坑。年前她收拾东西，收拾出了好几幅油画，都是一个女孩，那个抱着猫的半裸女孩画像还被裱了起来。刘珍本来准备把它们放在柜子里，但柜子里塞满了衣服，于是她把它们放在了阳台上的烘干机后面。南京冬天湿冷，她还买了一台除湿机。过了个新年后，那些油画被放在了书橱下面的空格里，她的书在电脑桌上摞得高高的。她打开书橱，又关上了，躺在沙发上看书。高高吊起的节能灯照着墙上刚挂起的红灯笼，延长出的灰黑色影子盖住了贴在墙上的繁体红喜字。她理着因为躺在沙发上而混乱的短发，不觉自己的身影被投在了电视机黑色屏幕上。那个抱着猫的女孩很丰润，眼角微微上吊，嘴唇饱满，胳膊像是玉藕似的，猫蜷在她的大腿上，膝盖透过白色的猫毛微微露出来，像海浪退去，留下亮晶晶的贝螺。她的头发像湿漉漉的水草般映着，她感到了，她和一群水母一起浮出水面，脸蛋被近旁的水母蜇得像过年用的大馒头。刘珍四处搜寻着遥控器，打开抽屉时感到一阵疲惫。刘珍躺在沙发上，书本又开摊在茶几上，没合上的抽屉像个石头台阶。婚礼那会儿，范明背着她上了五层楼，下来时，她被为接亲准备的红色长裙绊倒，差点滑下台阶。伴娘扶住了她，楼道里人很多，长长短短的摄像机遮住了范明的背影。粉色红色的气球绕满了栏杆，晃晃悠悠的，看得人发晕，光照在气球皮上，她看见了她被拉伸放大的半个身子，每下一级台阶，就有一个气球皮上闪过她扁圆的脑袋和撑满的肩膀。她的敬酒服是旗袍样式的，透明的高脚杯均匀地摆在酒店喜宴的桌台上，蓝色的彩条被酒店的空调吹得飞起来，撒满金粉的手捧花已经和伴娘约好抛给她了。她张口想喊出范明的名字，微弱的声音被淹没了，他转过拐角的楼梯，像过山车悠远而漫长地滑过第一个弧度。

她离开了星巴克。不少人走向这个商场，带着燥热黏稠的身体。热气在她的眼镜片上蒙起一层雾，悄然抚平了这座城市的褶皱。母亲坐在岸边，小心地将座下的餐布顺平，她抓着三明治在吃，江风吹得三明治的塑料包装纸咯吱咯吱响。母亲喜欢带刘珍去水边玩，讲起外婆教小时候的母亲学游泳的往事，她喝了好多口河水后，学会了戴着泳圈漂流。父亲调离小镇后，母亲不再碰水，刘珍长大了些，母亲常常带她来长江边看看。江轮拉长了笛声漂过去，水鸟扑棱着飞起，礁石间的蝤蛑爬上岸，又被浪花卷走。刘珍看见江面泛起波浪，粼粼的有光亮，像是丝绸的褶子。她做作业的时候，母亲捧着从小镇带来的铝锅喝粥，底下剩了点，母亲昂起头，仔细地将粥刮进嘴里，嚓嗤嚓嗤。洗净铝锅后，母亲会辅导她语文阅读理解，衬托了什么，对比了什么，父亲去朋友家打牌了，她闻着屋子西南角佛龛上隐约的檀香。母亲很少煮莲子百合粥了，小城没有莲蓬卖，她去超市买了些真空包装的红豆薏米，摸起来像小颗粒的念珠。她拨弄母亲的毛线球玩，一个不小心，毛线球掉在地上，拖出几道弯曲的轨迹，她又一卷一卷地捻起来，放回柜子里。母亲给她织了不少毛衣，手指头磨出了茧子，那些好看的螺纹、簸箕纹被撑大了，像是过山车的轨道被高高架起来。刘珍走出了商场的高大阴影，从藤条包扣的提包里抽出太阳伞。她短发的剪影被伞覆盖住了。

刘珍想起这条街背后，有个快要废弃了的小游乐场。

范明带她去过，那时候他们才认识不到两个月。范明穿了件不合身的蓝色夹克衫，她穿了一条紧身牛仔裤。他举着两个冰激凌在红砖墙边等她，墙边缘爬满了绿色的藤萝，有几朵橙黄的花。这一带的建筑已经无人居住了，因为一些原因，没拆得掉，那个八九十年代建的小游乐场也拖着，还对外营业。她舔了舔冰激凌，是香草味的，还有些榛子颗粒。他们坐了坐有铁锈的小型过山车，到顶时，她听得见范明的呼吸声，她没有尖叫，他也没有。下来后，他们去喝了杯咖啡，范明问她工作忙不忙，她说还行，他们一来一回讲了两小时，有时候空白一会儿，她喝口拿铁，他看会儿手机。范明说请她吃日料，她说那太费钱了，就在咖啡馆点了份松饼，四大块，很蓬松。范明又和她讲了讲他单位的事，什么饮水机喷热水，打印机烧坏了的，他讲饿了，去点了两份三明治，她的那份被她带回去了，当作第二天的早餐。那晚她睡得挺好，梦见了外婆家的小巷子，一架飞机从巷子口起飞，坐满了那些小伙伴。

婚后，她将以前买的那些耳钉、发卡都送人了。耳洞是母亲带她打的，母亲总说，女性总是要有些能让人嫉妒的东西，哪怕是自己买的。耳洞长好后，她买了不少合金的耳坠，水钻晶亮的，价格不贵，也算不上便宜。范明和她租了房子，搬家前，她送走了那些合金的耳坠，留下了一些珍珠的，还有两对金针的耳钉。发卡她也买了一堆，铜丝绕珍珠的、镶珐琅的、银线刺绣的，有的送给了同事，有的送给了前来借宿的朋友，同事还在努力考编，那个朋友去西藏穷游了，到现在还没音讯。她剪掉了留了近十年的一侧麻花辫，那些素色的旗袍也整齐地叠放在箱子里。以前她喜欢去文院楼听讲座，有现代文学，也有讲《红楼梦》的，有时她能找到座位，有时她得坐在台阶上，台阶不高，她得侧着腿端坐，旗袍遮住膝盖。听着听着，腰背部松懈下来，她又怕走光，膝盖与小腿就搁在了下一级台阶上。教授讲得很生动，她把笔记本摊在腿上记录。那些笔记本还在书橱里，她很少翻阅了。短发长得快，她去修了两三次，后来懒得去了，等刘海扎眼睛时再去。听完讲座后，她会小心地解开麻花辫，用梳齿上下理顺，洗个热水澡，用水淘干净旗袍，在晾衣架上将旗袍一折两半，晚风吹过学生宿舍，旗袍洒落一点柠檬香的水珠。她留下了那对棉花珍珠耳钉，上面有七彩光晕。范明并未留意她那些首饰的去向，下班后，她煮一碗面，或者炒个菜饭，做个卷饼，他吃饱后，躺在沙发上玩游戏。韧带又开始疼后，他的衣服又显得紧了，她给他买了两双耐克的专业跑鞋，鞋底一侧已经磨光滑了。

母亲给她的皮鞋钉过掌。那双鞋她很喜欢，穿了三个季节。她来南京时带给了她，还带了些腌好的咸鱼，鱼是江水里捕捞的，格外鲜。她带母亲去商场吃了几顿，母亲打包带回了一些寿司、饼干，就连牛肉块被吃干净的青咖喱酱，还被小心地刮进打包盒。母亲临走前，把打包盒带走了，说回家还能种点小葱。她下午有课，就将母亲送到了地铁站。母亲像一个两面凹陷的红细胞消失于血管中。

她到了游乐场前。那个露出红砖的灰色墙面下，写了个很大的"拆"字，热浪涌来，她感觉它会像冰激凌一般融化掉。游乐场里的旋转木马还在运转，放着你是我的小呀小苹果，等转了一轮，她才看见彩色马鞍上的那个小男孩。轨道花车已经停运了，米老鼠的一只耳朵斑驳掉漆，露出了灰黑色的铁皮，边缘绳了花边似的长出一圈锈。她似乎听见碰碰车呼啦响的声音，她和范明坐过，他一辆，她一辆，还有另外游客的三辆车。她很久不摸方向盘了，有点生涩，另外三辆车不断撞击着她的车，她踩着油门往前，迎面是范明的那辆，她一紧张，松开了方向盘，等着他撞上来。劈面的那一刻，范明猛地一转胳膊，他的车滑了过去，他俩边都没碰着。范明朝她笑了笑，她反而有种失落，他要是撞上来了，她倒还开心些。另外一辆车又撞上了她的，嘀嘀嘀的警报声，轮胎又柔软地弹开了。

游乐场看门人还是那个哑巴，听说他待在这里很多年了，旁边的居民楼原本有个垃圾堆，人走得差不多后，哑巴清理了垃圾，填平了那些坑口，拉来一些砖头水泥，搭了个铁皮棚。上次来，他们路过那里，门口还铺了条鹅卵石小路，门里传来岳云鹏不断说话的声音。她扫了二维码，将支付结果给哑巴看。他打开栅栏让她进去了。她感觉他在她背后，他有话想对她说。她想起她做过的一个梦，外婆家所在的小巷子成了一个过山车，小伙伴们都坐在上面，过山车开了起来，那个胖小子说他长大后要去北京，过山车陡然落下来，他们掉到了长城上面，长城也成了一个过山车，她在梦里无休止地起起落落，怎么喊也喊不出来。在旋转木马上坐了一会儿，她想起了她和范明的蜜月时光。他们在外滩玩了一晚上，坐着轮渡看黄浦江江景，东方明珠闪烁光芒，一群无人机飞上天空。船一晃一晃的，轮渡上人很多，他们并排站在窗前，玻璃隐约映出了他们的轮廓，他们的边际线快贴合在一起了。她想到了日落，橘红色的光芒模糊了地平线，像条柔软的丝巾铺陈开来，他们宛若小小的船只任由漂流。范明问她明天想去哪里，她说要不去逛逛街吧，还是去迪士尼看看？范明没答话，手搭在不锈钢扶手上，对岸越来越近，霓虹照在了他的脸上，她看见了一些字母垂在他的眼窝下，像闪亮的空中轨道的齿轮。

　　花车的门没锁，一推就推开了，刘珍坐在了米老鼠那个座位上。范明花了二百元找了个向导，他带着他们排队，省了不少时间。她和向导聊了聊，他家在苏北，老婆刚生了个小二子，想着出来挣点奶粉钱。向导问他们有没有要孩子的计划，她想起上个月被她喊家长的那个小孩儿，家里刚拆迁了四套房子。她说早呢，再等等。结婚花了不少，为了省点费用，他们定在了去上海度蜜月，说好将来再补。躺在大红色的被褥上，范明问她以后想去哪里，她说新疆、西藏、敦煌，要是有机会，去巴黎圣母院瞧一瞧。范明打起了呼噜，她掐醒他，让他和她一起清点份子钱。数着数着出了错，范明有点急，扯掉了胸口的花，她也有些热，将红裙背后的拉链往下拉了一些。除去这些费用，加上那些开销……她想起以前除夕夜，外婆数着一截截香肠的场景，还有母亲，小心地将大额、小额钞票分成几块，码放在针脚细密的编织钱包里，硬币都在布袋子里，甩一甩，乒乒乓乓响，她有时会偷拿几个去买小浣熊方便面。

米老鼠花车叫了一声，她抬头看了看，原来是她的重量压得它滑动了几厘米。她离开了花车，在游乐场漫无目的地转着，过山车还停在下面。

范明看着今年的奥运会，说某某队员的起跑姿势不太好。她听不懂多少，只是将桌上的碗筷收拾了起来。水流哗哗地冲洗着，她听不清电视的声音了，冰箱里的冰冻开始变多了，这才是她应该关心的事情。她用锅铲铲了一些，又使上了菜刀。冰冻在地上融化成了水，她想起了小时候的那个胖小子，炮仗空壳弹落在他红扑扑的面颊上，她的菜刀下迸溅着冰疙瘩。冰箱下汪了一摊水，她起身去拿拖把。范明还在客厅看着女排比赛，他喜欢那个扎辫子的大眼睛队员。拖把在地上划了一划，没融化的冰疙瘩滑出一道曲线。她感觉她在掷冰壶，二号队员刘珍是个实力选手，她优美地转了个圈，身姿好似白色天鹅，那冰壶沿着透明的弧线滚动，球进了！她扔掉了拖把，朝冰箱鞠了一躬。

坐在旋转木马上的小男孩喊了起来，过山车在慢慢地朝前，刘珍没看见上面有人。在迪士尼，他们玩了不少项目，有极速飞车，也有漂流，范明的球鞋里浸满了水。他将湿润的袜子脱下来，扔进了垃圾桶，她说扔了干吗，他坐在凳子上，双手抱头。回来之后，他们将婚礼欠的六万元还给了人家。她一个人去坐了过山车，到顶时，她没能听见范明的呼吸声。范明坐在过山车下面的纪念品商店里，看着来往的孩子们举起米老鼠和唐老鸭。他们又去坐了海盗船，吃了米奇套餐，两个小饭团捏成一个大饭团，盖上一点青椒肉丝浇头。她吃了一半，剩下一半给范明吃了。米饭沾在了他的嘴角，他突然笑了开来。她掏出面纸，帮他擦了擦。迪士尼城堡的塔尖披拂着晚霞，宛如一颗丝巾扣。

过山车还在往前。太阳已经迫近过山车的第二道弯了，看过去，轨道像手指头上的一道簸箕纹路。她提起包，准备找个地方，撕毁那份草拟的离婚协议书。小男孩跳下了旋转木马，指着过山车，她看见了那个哑巴，他站在过山车的第一排，挥舞着手臂像个舵手。她不确定他会不会坐下来，如果他此刻坐下来，圆圆的太阳就是一个画押。过山车低吼着到达了顶端。

一枪崩了月亮

　　有人拎着个兔子站在路边。车慢慢驶过去，刘珍才看清那只是一袋土豆，两根大葱垂在塑料袋耳朵上。范明问刘珍，你在看什么呢？刘珍说，那边小广场上有个老头在搂着空气跳舞。范明笑笑，说，老太婆说不定去找其他老头跳舞了。刘珍耸耸肩，回头去看路边的那个人，距离太远，看不清了，但刘珍可以确定，那个人已经把兔子给勒死了。

　　范明眯着眼，将车并入左拐车道。刘珍看见一旁的高楼上，一条红色的秋裤高高扬起，在空中走了几步，忽地往前一跳，脚丫都甩没了。绿灯亮起，刘珍都不知道那条秋裤走到哪一步了。母亲常和她说，人得用两条腿走路，一条是事业，一条是家庭，只要还有一条腿在，那架个拐杖还能走。刘珍靠着自己的两条腿，走过了仙林大道、学则路、文澜路，走到了大铜银巷、羊皮巷、上海路，又走到了汉中路、凤凰街、鼓楼头条巷，现在她不知道往哪里走了，走着走着，撞了一根又一根电线杆。第一次和范明吃饭，刘珍就觉得他像个电线杆，一走，影子跟着一晃。范明礼貌地把蘑菇块拨到一边，排成了两排，没等刘珍问，范明眯起细细的眼睛说，他从小就不爱吃蘑菇。两人在德基的四楼一直转到一楼，看到了LV柜台前排了一条队，两人凑了上去，玻璃橱窗上映出了两个脸蛋，刘珍的头发盖在饺子包的丝巾上，眼镜框里布满了LV的老花图案，前面的人缺了一个位，刘珍往前一迈，头发顺着丝巾滑落，横扫了柜台上的一排包。快到他们时，范明问刘珍，你喜欢香水吗？两人逃离了队伍，去负一楼闻香水，一路闻过去，范明打了好几个喷嚏，刘珍看到范明背过身去，两块肩胛骨戳出了T恤衫，空调风吹得他的头发摆来摆去。刘珍拉着范明去吃了马卡龙，范明小心翼翼地把马卡龙包好，塞到刘珍手里，马卡龙鼓出包装纸，像个蘑菇。刘珍讲起小时候他们班一个蘑菇头的故事，一考试就变成了红蘑菇，发考卷时成了紫蘑菇。范明哈哈笑，两人走着，到了无印良品店，刘珍买了一瓶香薰，范明买了一个木制的果盘，又走到了地铁站，两边的广告投屏上布满了口红、汽车、房地产，两人边走边议论，刘珍说，将来她要在新街口买一套房，逛街购物方便，范明说，他怎么也得买一辆保时捷，天天停在单位那辆宝马旁边。到了地铁闸口，范明约刘珍下周六去金鹰玩，那边有家日料店，芥末虾球、酱汁鳗鱼非常好吃。刘珍问他，是不是相亲经常去那里？范明说，那是他们大学舍友聚餐的地方，吃了好几年了。刘珍又问他，你们都带着女朋友去吃？范明说，哪有那么多女朋友，四年全都打游戏了。刘珍偏偏头说，工作日她也有空，她租的公寓离地铁近。范明咧开嘴，我还知道一家超赞的自助餐店。两人道了别，刘珍回头看，没看到他，却看到广告投屏上，一张透明的嘴唇逐渐涂上了红色。

太阳照在红屋顶上，溜出一段肥油光。刘珍看着那块肥油从这里滑到了那里，又从那里滑到了这里。刘珍在家掂过勺，油在勺里一过，热腾腾地洒在锅周，蒜末葱花立马炸出了香味，油烟机嗡嗡嗡响着。刘珍戴着手套端上一碗葱油面，范明穿着睡衣从卧室里出来，床上还有游戏队友喊麦的声音。范明用筷子拌了拌面，呼一口白气，不温不火地嚼着，说，淡了。刘珍去厨房，往锅里加了一勺盐，用锅铲翻翻，扣在碗里，坐在沙发一旁吃面。范明用手机看短视频，哈哈的笑声混杂着唱歌声。刘珍问范明，你们这个月工资还没发？范明说，会计通知我们要扣税，这个月工资降低了。刘珍说，我看中了一双鞋。范明说，你们单位不扣税吗？刘珍说，扣了扣了，这不快情人节了吗。范明说，情人节咱们出去撮一顿。刘珍给面碗里加了一块豆腐乳，房东那从来打不开的电视屏幕上，面碗大得像艘搁浅的船。范明的车停在了路中央，前面排着奥迪和帕萨特。车载广播里讨论着南京那三只猴子的事，栖霞、鼓楼、浦口、河西，各处都有它们的身影，有一只还跑到人家家里去，吃了萨其马，喝了果汁酒，摇摇晃晃地爬出阳台，啪地往下一掉，醒了，又把灌木丛里的猫压了。范明说，这猴子哪里来的？刘珍说，说不定因为动物园里人少，逃出来逛南京城了。范明说，三只猴子，集体越狱啊，不简单。刘珍说，她看朋友圈，她的学弟学妹们爬学校西门的墙跑出来玩，现在那边架满了铁丝网。范明笑了，人和猴子，选择一样啊。刘珍说，那可不，猴子捞月亮，我们大诗人李白，也是捞月亮掉下去的。范明说，李白也是猴子进化来的。刘珍说，算了吧，你也是。范明一笑，这都不是事。一辆本田横插了过来，后视镜晃地一亮。范明一手拍在了喇叭上，一股浓烟从马路一头蹿上半空。

刘珍讲起了那个蘑菇头，有一年冬天特别冷，他顶着满脸的冻疮来学校报到，同学都叫他花蘑菇。语文老师喊他名字回答问题，看到他人愣住了。蘑菇头说，过年时他家买了个好大的烟花，他点着了，烟花没声了，家里一家老小看着呢，他鼓起勇气跑去看，脸刚挨到烟花上空，无数火树银花迸溅出来，他没顾得上躲，忍着痛看火花冒出、涌起、升高，那是他小半辈子见过这个世界最亮堂的时候。语文老师听了，站起身沉默半晌，拍起手，说，今天的作业就是《记一次最美的新年烟花》。范明听了松开了喇叭，说，那你们同学不要打他，多了一份作文。刘珍耸耸肩，说，下了语文课，蘑菇头又说，他家里人多，住在小房子里，看个烟花都是稀奇事，几个女同学又跑去给他送旺旺雪饼，在他课桌前站成肉墙，不让别人找他麻烦。范明听了在那儿笑，你们女孩子都这样。刘珍往车窗外一瞥，你可别这么想。范明问她在嘀咕什么，刘珍说，她现在很想去动物园，勒一勒兔子的耳朵。范明说，马上我们到采石矶了，说不定山上有兔子。刘珍说，兔子早就被猴子们弄死了。

车停下，范明去撒尿了。景区门口雕着李白的铜像，胡须被磨得光亮，手里的笔被掰弯了。刘珍想起那个冬天剃光头的男孩，他叫小佟，和班里同学打赌，说桃花潭水深千尺，绝对是中国最深的湖，那个同学找来地理书，说最深的是长白山天池，结果小佟真回家，用父亲的剃须刀刮光了头。来教室时，他顶着绒线帽，打赌的同学一扯，他疼得叫起来，同学们哈哈笑，他又不好意思地笑出了声。过年班里开联欢会，小佟报了诗朗诵，往讲台上一杵，摸着不存在的胡子，压着嗓子道：床前明月光，明月照大江，李白是李白，唱罢我登场。同学们在底下哄笑，倒是那个老和他打赌的同学，哗的一下拉了礼花筒，红的黄的绿的彩条挂在小佟光光的脑袋上，看起来真像个诗人。两人放学去吃门口的麻辣烫，小刘珍也在那里，三个人坐在塑料凳上，各自捧着麻辣烫，打赌的同学说，我要考上复旦大学，咕咚几声喝光了汤，小刘珍说，我要考上南京大学，咕咚几声喝光了汤，他俩看着小佟，小佟正在用木签剔牙缝，撞见了他俩的目光，仰头灌汤，喝光了，用袖口一抹嘴，我要当个大诗人。那时流行水浒卡，打赌的同学买了十来包小浣熊，抽出卡，面饼也不高兴吃了，小佟一边嚼着干脆面，一边和小刘珍规划他的未来，去欧洲开笔会，去日韩讲学，去美国作讲座，去南极看企鹅。小刘珍问他，去看企鹅和写诗有什么关系。小佟说，企鹅和写诗之间的关系，本来就是一首诗歌。小刘珍摸着头，说不懂。小佟的后槽牙把干脆面嚼得嘎嘣脆，甩一甩书包带子，往自己家的方向走去了。范明提了提裤腰带，往刘珍的方向走来，手里拿着根啃了一半的玉米。那里不准吸烟，范明说，我拿了个玉米在吸烟室待了待。刘珍说，你也不给我带一根。

范明把啃了一半的玉米扔给她，刘珍说他这个动作像只猴子。两人去车后座拿了包，数点数点里面的东西，戴上帽子、口罩，往景区里走了。范明缴了两人的门票钱，往前走两步，突然啧啧了两声，说，他在游戏里认识的那哥们，特有钱，他的猫留在外地，托给他室友养，一个月给他五千块。又摇摇头说，他也不是不会养猫，二百块猫粮够它吃一个月。刘珍说，下次有这活儿，记得叫上她，她负责买猫砂。两人走到了喊泉，后头有一队老头老太，导游一边叫他们跟上，一边介绍，喊一喊，十年少，喊一喊，金银财宝来，大家只要用力喊，泉水会自个儿跳起来。老头老太们放缓脚步，冲着泉水喊自己的名字，一波喊完了，又有人起头，开始喊自己儿女的名字，有对老夫妻还往里面抛硬币，抛一个，喊一声发财，抛一个，喊一声年轻。刘珍在那儿用手机拍那群老头老太，往后退一步，撞到了范明的背，刘珍问范明在做什么，范明指着水面说，这泉水有问题，我看自己的脸，磨皮美白瘦脸，堪称美图秀秀。刘珍白了他一眼。老头老太们跟着导游喊起来，健康我能行，美丽我能行，举着小旗帜往前走了。两人对着山脚下的桃花拍了拍，抬眼一看，那队老头老太把他俩甩了。范明的眼镜上沾了一片桃花瓣，他用手抹了抹，对不准焦，摘下眼镜甩了甩，太阳往他耸动的头发丝上一照，扣出一圈金色光圈，刘珍刚要喊，范明又抖抖肩膀，胳膊上的汗毛被照得金得透明，地上的长影子像倒伸的尾巴。范明问刘珍在看什么，刘珍指着半空说，你看三台阁，李白恐怕是在那儿看月亮，掉进了长江里。范明说，为了纪念李白，于是有了粽子，拿粽子填江水的，又被称作精卫。刘珍朝空中白了一眼，为了纪念范明他妈，于是有了范明。

刘珍出来租了房子。之前，母亲将她托付给范明家，刚开始还好，婆婆经常给她夹香肠，还送她去单位值班，后来的一天，婆婆找她谈心，说家里米快没了，油也只剩下小半桶，刘珍说，妈你别担心，现在还能叫外卖。婆婆拉着她的手说，她没看见这么有福气的手，是抓钱手。刘珍手掌的掌纹都皱了起来，这时婆婆低声问，这么有福气，你一个月工资多少呀？范明回来得晚，临睡前还得打几局游戏，婆婆敲门，给他送苹果来了，范明一口一口啃着苹果，刘珍问他，婚礼什么时候举办啊？范明摆摆手说，别说话，貂蝉来了。

在南京读到大三，人人网上亮起了对话框，没想到是小佟，应该说是长大后的佟大成，他说他也在南京。刘珍问他，在南京哪里？佟大成说，他折腾了个《大学生日报》编辑部，想起刘珍以前作文不错，不知道愿不愿意来帮忙。刘珍说，那我得喊你佟老板。佟大成发了好几个笑脸，说，来日方长，等做大了，刘珍的工作问题也解决了。刘珍真跑到鼓楼区找佟大成，在卤菜店、文印室、沙县小吃和老杜五金上面的一栋老房子里，蜗居着一间编辑室。佟大成把办公桌一拼，下楼买了点猪耳朵、烤鸭、酱干丝、几瓶可乐，编辑室内几个人围坐在一起，谈《扬子晚报》和他们的合作前景，还有如何发展新媒体。几个人喝可乐都喝醉了，最后佟大成非要打的把刘珍送回宿舍，到了大学门口，刘珍回头看，佟大成歪歪扭扭的身影，像个站不稳的企鹅，脑袋还是光秃秃的。范明抖了抖头发上的桃花瓣，拉着刘珍的胳膊往前走，走到香雪坡，桥上一对恋人在互相拍照，刘珍问范明，桥下的风景多一点，还是桥上的风景多一点。范明说，哪哪都一样。刘珍在范明手机上找快递小哥的电话，一个备注为"白月光"的微信好友发信息来，刘珍点开看，他俩聊得不少。刘珍自己加了白月光，说自己是范明老婆，白月光连连喊她嫂子，说自己是范明的小学同学。两人聊着聊着，聊到一块去了，"三八"妇女节美容院搞活动，两人正式见了面，白月光还送了刘珍一小束玫瑰。白月光说自己叫俞红，和范明同桌过一段时间，抄过范明不少作业。刘珍刚想说话，俞红笑了起来，说自己本来数学能考八十分，范明把考卷答案卷成卷扔给她，结果她就考了五十九分。躺在床上敷面膜，俞红自顾自地讲起来，她毕业后，想考书画院，书画院的一个老画家对她很好，给她指导，又请她吃饭，俞红直接问怎么还他，老画家说，他一直有个愿望，想在年轻女孩的身体上画画。刘珍问她，后来你考上书画院了吗？俞红笑了，说她现在一幅画就能抵书画院一个月的工资。小气泡仪挨上了脸，白雾缭绕中，她想起小佟歪歪扭扭的影子，像是长满了刺。她在校门口停了一会儿，看着他坐地铁走了。忙完学年论文后，刘珍拎着一盒水果去鼓楼，《大学生日报》的牌匾被摘下了，里面零零散散的一卷几片的A4纸，电脑主机被搬走了，墙边的

一枪崩了月亮

架子也被拆了，只剩一些螺丝钉和架子上粘过的便利贴。俞红问她是不是睡着了，刘珍说不是，俞红说，她现在住的小区，就只能看到女人在遛狗，这些女人又都不好惹，她现在只想找人聊聊天，希望她俩以后可以一起逛逛街、吃吃饭。

范明从包里拿出一袋蟹黄锅巴，两人坐在小湖边啃锅巴。刘珍问范明，你总不能到老了还在打游戏吧？范明把锅巴嚼得嘎嘣响。我们还是晚一点再要孩子吧，刘珍说。范明又塞了几片锅巴到嘴里，我妈年纪也不小了，等着抱孙子呢。刘珍说，你在嚼锅巴，我没听得清。范明咽下锅巴，这都不是事，你自己看着办。

佟大成消失过很长一段时间，毕业前，刘珍收到一本诗集，上面是佟大成歪歪扭扭的艺术签名。刘珍跑去佟大成的人人网，上面还挂着他开办《大学生日报》的消息。毕业后，刘珍下班晚，一个人走在路灯下，想起了佟大成歪歪扭扭的身影，好多好多的刺，像是这里面要挣脱出一朵玫瑰花来。刘珍靠着一堵画着"拆"字的墙，看自己的身影隐没在了黑暗里，不知不觉，她哼起歌来，是那年联欢会上的一首歌，老师让大家起身一起唱，小佟的光头在人群中一耸一耸的。人人网传来被收购的信息，她从沙发下找到了这本书，台灯照在文字上，佟大成消失的这段日子，似乎到了洱海、丽江、西双版纳、玉龙雪山，他在那里游泳，在那里呐喊，在那里欢唱，在那里彻夜不眠。刘珍抬起了头，到了谪仙园，走入园子，《南陵别儿童入京》雕塑矗立在那里，唐玄宗召李白入京，李白神采飞扬，与妻儿作别。刘珍转头问范明，你说李白爱过杨贵妃吗？范明说，他看过《妖猫传》，说李白没爱过杨贵妃，恐怕是不太可能的。刘珍喃喃，云想衣裳花想容，春风拂槛露华浓。若非群玉山头见，会向瑶台月下逢。如果李白不爱杨贵妃，会写得这么动人吗？咚咚咚，范明在敲状元鼓，刘珍绕过去，看着他敲，鼓面随着棒槌的敲打一颤一颤的。一扇铁门突然打开，里面空空地走出一个人，摸着胡须，眯着眼睛。铁门外密集着士兵，手里的弓箭拉得满满的。为首的将士喊起来，让他交出贵妃，男人笑了起来，拈起一根胡须，朝空中一指，胡须变作一条通天的金色线路，男人走上了天空，铁门内又走出一个着金衣的男人，举着一条白绫说，贵妃不见了。李白纪念馆的大门紧闭着，说是在维修，刘珍朝门后的阁楼望了许久，她依稀能

一枪崩了月亮

看见李白的胡子，阁楼上飘起了一缕白烟。刘珍微微一拜，说这是李太白，那她就要当李二白。范明说，充其量，你是李二百五。

从美容院回来后，俞红还来找过刘珍，说有人送了她一套上好的茶具，刘珍有没有时间去她家喝喝茶。刘珍说过段时间，她们单位正在忙着整理年鉴。有次范明说他周末有事，刘珍问什么事，范明说，有人找他喝茶聊些事情。过了一下午，范明喝得满面通红地回来了，刘珍叫他去刷牙，还把他的背心洗了三遍。两个人走到了广济寺，寺庙被关闭了，他俩坐在石凳上，看寺庙前褪了色的大肚弥勒佛。弥勒佛穿着一身斑驳掉碎片的袈裟，遥遥望着长江开怀笑着。刘珍看着看着，对范明说，你说人能像弥勒佛一样笑个几十年吗？范明嘟囔着说，那不得脸抽筋了。刘珍又说，为了缓解脸部压力，所以人活着还得哭。范明说，想那么多干吗，这都不是事。刘珍转过脸说，为什么游戏里面只有杀杀杀，没有救救救呢？范明说，那是你不了解游戏。刘珍沉默，想了一会儿说，那恐怕是我们不了解人生。两个人在石凳上背靠着背倚着对方，一抹阳光照在松针上，斜出一道影子，像是李白的一根金色胡须。刘珍和范明谈起了按揭买房的事，阳光爬上弥勒佛的脸颊，远处的长江水变得松弛。刘珍想起了很高很高的雪山，一个人用手掌的温度融化了一捧雪，然后匆匆流过看上去很小的江心洲。母亲带着小刘珍去山上磕头，半山腰有一尊卧佛，小刘珍拎着裤子小心地往山上跑，母亲问她跑什么，她说，不要吵着佛祖睡觉。化纤厂效益不好后，母亲常年待在家里，主任拎着两箱旺仔牛奶上门，劝她买断算了，母亲又客客气气地把主任送出门，两箱旺仔牛奶齐齐整整地码放在门口。母亲还整理刘珍小时候的裙子，蕾丝的、麻料的，还有在上海买的。刘珍想起在上海街头四处找母亲的场景，她认错了好几个，有戴墨镜的，有大红唇的，还有外套里面穿吊带的。小刘珍牵着母亲的手，望着上海街头一水的旗袍，袅袅娜娜快升腾起来了。母亲也去做了一身旗袍，两人坐在外滩上喝冰可乐，手里捧着排队买来的炸鸡，母亲还用可乐吸管指一指东方明珠，她做姑娘的时候，那儿有个摄影师请她做过模特，听说还登在了报纸上。婚礼前，刘珍陪母亲去买红裙子，母亲摸了摸商场里红裙子的料子，喷喷几句，说，这料子不做旗袍可惜了。两人坐在金鹰外面的长凳上吃起了蛋筒，显示屏上闪着年轻女子的身影，映在母亲脸上，母亲的脸像蛋筒一样开始融化。

佟大成打电话来，他断断续续说着，还喘着气。刘珍问他在哪里，他让她猜猜他在哪里，刘珍说猜不到。佟大成窸窸窣窣地笑出来，他在雪山上呢，好大好大的雪山，好冷好冷的雪山。刘珍问他去雪山干什么，佟大成说，他要看月亮，他现在离月亮那么近。刘珍问他，离他那么近的月亮是什么模样。佟大成说，好大好大的月亮，好冷好冷的月亮。刘珍说，你什么时候从雪山上下来？佟大成说，刘珍，我把月亮摘下来给你好不好？刘珍记不得自己说什么了，只记得雪山上信号不好，她没能听得清佟大成接下来的话。刘珍继续往山上爬着，后面跟着范明。山上的人越来越少了，只能听见一些零碎的脚步声。这一层台阶到一个圆墓就结束了，范明查查地图，说这是李白的衣冠冢。衣冠冢前，摆着各色的瓶子，有二锅头，有洋河酒，有汇源果汁，还有养乐多。范明说，他来晚了，要不是路上堵车，他也不会赶不上李白的晚宴，要不是赶不上李白的晚宴，他也不会眼睁睁看着李白掉下水去。刘珍背过身，指了指后面的长江，诗仙说不定在那儿游泳呢。范明对着长江拍大腿，拉着哭腔说，李大诗人啊，你害得我们好苦啊，这首诗要背，那首诗还得默写，你考虑过如今的我们吗？两个人在衣冠冢前摆了些包里的小番茄和坚果，就李白有没有吃过番茄争论了起来。靠着栏杆，两人看了会儿长江，刘珍讲起了小时候那个蘑菇头的故事，班里女生都照顾他，男生看不过去了，早操课踩他几脚、推他几下。有天蘑菇头带了一盒便当，说是他妈妈卤的鹌鹑蛋，一一分给那些男生吃，结果那天的课堂小测验，男生纷纷往厕所里跑，好几个被拎到办公室罚站。后来蘑菇头被称为毒蘑菇。范明听了在那里笑，说他以前上学时，食堂里也闹过食物中毒。两人反过身，看着李白的衣冠冢，范明说，这个也像个蘑菇。刘珍说，那是蘑菇成仙了，应该叫灵芝。

范明坐在驾驶座上，解开了外套的扣子。刘珍喝了一口水，瞧见月亮出来了，高高地挂在三台阁上。佟大成没能把月亮带回给她，又消失了一段时间，等回来时，被人称为"成名诗人"，说好多人都听说过他。刘珍约佟大成喝咖啡，他神采飞扬地讲他的诗歌，他见过的诗人，走过的城市，讲着讲着，语气又低沉下来，将咖啡杯杯盖上沟缝里的咖啡都吸得干净。刘珍没告诉他，她上网搜过佟大成诗人的词条，他之所以是成名诗人，是因为他当众诗朗诵时，居然尿了裤子。车载广播响起来了，说三只猴子其中的一只已经被抓获，目前处于麻醉状态中，即将被送往红山动物园。范明喃喃自语，另外两只去了哪里呢？刘珍转过头，你说李白爱过嫦娥吗，他不会在月亮倒影中看到嫦娥了吧？范明摇摇头说，我认为这是猴子们的阴谋，先是一群猴子请李白喝酒，诱惑李白，猴子一个抓着一个，李白在最末端捞月亮，最后猴子们松开了手。刘珍笑了，问他还记得蘑菇头吗，多年后她在街头见过他，他长满了胡子，成了一个猴头菇。范明说，他现在做什么工作？刘珍说，其实他爸爸是个大老板，家里不缺钱，但父母很少陪伴他，他给自己虚构了一个人生。真是个大忽悠，范明说。车载广播里还在讨论三只猴子大闹南京城的事，刘珍微微一笑说，你认为这个蘑菇头存在吗？范明沉默了半晌，喃喃自语，另外两只去哪里了呢？

车徐徐地开回了鼓楼，刘珍走在范明后面，他们得去婆婆那里吃晚饭。突然，刘珍叫了起来，她看见他变成了一只长猴子，他看见她变成一只短猴子。两人朝上看，一起瞄准了月亮。

只有几年可穿好衣服了

楼房缓缓地泛起光芒。翁虹洗干净了脸，用毛巾擦去面颊的水珠。镜子亮亮的，映出了门后的喜字。厨房的铝锅里炖着银耳羹，熟透了，用保鲜袋封好放在冰箱里，过几天丫头回娘家。她靠在沙发上坐了一会儿，对面楼房玻璃上映出了白云，一个身影穿了过去，将一件粉色的毛衣晾在了阳台上。翁虹听得见那滴水声，像个棒槌捶打着她的心脏。她顺了顺衣服上的褶皱，半躺着哼小曲，梅艳芳的《女人花》，没唱到歌尾，她又唱起了张国荣的《偏偏喜欢你》，对面楼房上的粉色毛衣往下坠了坠。翁虹用手挥挥飞虫，云朵般的白头纱撩起了边。

　　钱小梅约她去汗蒸，还和她聊了聊她儿子，那坏女人尽给他吃肥肉。翁虹绞干了抹布，把玄关旁的玉貔貅擦得晶亮，钱小梅还在数落那个坏女人，把她儿子的羽绒服拿去做了一床羽绒被，翁虹听了几句，又去擦鞋柜里的靴子了。钱小梅说了一通，又嚷嚷，你说我们傻不傻？翁虹喊，听着呢听着呢，他们就欺负你。钱小梅说着说着没声了，翁虹纳闷，喊，钱小梅你睡过去了？钱小梅抽抽鼻子，他妈的越说越没意思。翁虹说，文峰搞活动，雅莹全场满一百送三十，你去不去？电话那头沉默一会儿，说，今年流行皮衣，她看好几个小姑娘穿了，她也去淘一件。翁虹把餐桌擦了一遍，钱小梅又在那里嘟囔，我们也就只有几年能穿好衣服了。翁虹打开衣橱，那件皮草毛茸茸的，她只穿过两次，一次见亲家，一次被老刘带去喝喜酒，她懵里懵懂的，把副市长喊成了局长，还把桌上的红酒碰翻了，好在桌上的人都出去敬酒了，服务员抹桌子，她暗暗在桌下用手指滗掉皮草上的红酒酒汁。钱小梅叫起来，说锅里煮着玉米，她都忘了。翁虹说，你老是吃煮玉米，偶尔吃点爆米花也不错。钱小梅嘘了一口气，锅没坏，只有下面的玉米焦了一面。翁虹去厨房把铝锅里的银耳羹拨了一拨，撒了一撮枸杞。丫头说她最近脑壳疼，看东西都是花的。翁虹去进口超市买了一些银耳和新鲜百合，超市老板说新疆大枣下周到货。她打起了哈欠，阳光暖洋洋地铺在地面上。

翁虹随便对付了两口午饭，冰箱里剩的青菜，剥了有段时间的蚕豆，厨房里摆了半天的白菜帮子，加了盐，拌了榨菜，淋了辣椒酱。筷子一挑，辣椒点崩到了身上，翁虹起身去水池，一线阳光横在门廊上，她想起了她十八岁在县文化馆跳舞的辰光，地板翘起了一边，她围绕着翘边伸展、压腿，轻轻地提起裙摆。她有一条白底红点裙，跳起来，像是红色的霓虹灯一闪一闪，舞蹈房后门的玻璃上，总是挤满了眼睛。老刘是后来认识的，文艺科的干事请老刘吃饭，让翁虹陪几杯酒，翁虹不胜酒力，老刘送她回家。别人问起来，翁虹说他俩自由恋爱，都喜欢读席慕蓉，老刘就说相亲认识的，媒人以前是文化馆的，现在是税务局副局长。翁虹抹了辣椒点，留下淡红的一道，她又涂了点洗洁精，红印嘭嘭地浮了上来，红丝丝的几绺。那条白底红点裙压在箱底，被虫子咬出了洞，她把它裁了，做了袖套，一个冬天下来，油腻腻的，她泡了水，用肥皂搓，油印子淡了下来，她把它们放在抽屉里，等想起来时，已经泛黄发硬了。舞蹈房拆建的前一晚，翁虹去压腿的长条凳上坐了一小时，镜子里有几十个翁虹，也有几十双眼睛盯着她，翘起的一边翘得更厉害了。

电话那头催得急，董云说她到店里头了，汗蒸房也开了。翁虹第一次见董云，是在孤山庙会上，烟雾缭绕，翁虹在香炉旁插香，董云手一抖，冒着火星的烛油滴到翁虹的袖口。过了两天，董云喊她来拿修补好的羽绒服，她觉得这个汗蒸养生馆怪暖和的，喊钱小梅一起来蒸了一个冬天。钱小梅端着旁边面包店刚烤好的比萨，吃一口烤肠，吃一口董云的养生茶，董云问她怎么样，她打了个嗝，说不够浓，董云又加了一勺茶粉，翁虹看见她手抖了抖，留了半勺塞回罐子里。翁虹盖好餐桌上养生茶罐，就着养肝片，闷了一口茶，餐桌上还摆了一排养肾片、养神丸、纤维乐，瓶瓶罐罐的维生素。上次钱小梅和她凑了一单，欠

只有几年可穿好衣服了

了她六百多块，等了一个多月，也没见钱小梅发工资。前不久钱小梅刚去文峰买了件内衣，还问翁虹好看不，那件内衣把她的肚子箍得很圆润，腰间扁扁地垂下来，遮住了一小截牛仔裤腰节。翁虹让她拿大一码，营业员说要调货，钱小梅在那儿调整领口的蕾丝，猛吸一口气，胸部熊熊地挺起来，这口气过去了，胸脯像个塑料袋似的瘪下去。钱小梅和她提过，有个小她十几岁的男人要来看她，他们在网上认识的。翁虹提过一嘴，那男人长得怎样，钱小梅摇头，说他后来出差去了。她们逛街逛累了，坐在星巴克聊天，钱小梅说上次文化局搞活动，文化下乡，南桥镇镇长加了她微信，说要请她喝咖啡看电影。翁虹问她，南桥镇那么远，他上城里来见你吗？钱小梅把话题岔开去，谈起了她的学习成果，刚考了个营养师，证书上一溜大红的章印。翁虹就在钱小梅的公寓里瞧见了那证书，摆在台上，旁边摆着小山似的玉米棒芯，隐隐的一股酸味。钱小梅端起证书，阳光从后面照耀过来，章印红得发黑，钱小梅的头发金得透亮。

　　阳光照得她耳朵发热。她把鸭舌帽压得低一点，这是丫头刘珍上次留下来的帽子，说是韩国的牌子，蜜月时带回来的。人家蜜月你侬我侬，丫头蜜月是一路吵回来的，有天翁虹在电话里亲耳听见他俩吵，丫头骂起来，女婿范明说他这就走，乒乒乓乓一通，丫头又拉起了哭腔。翁虹仿佛看见了丫头那白萝卜般的手臂在擦拭眼泪，只好叹口气。丫头长得不像她，也不十分像老刘，长得像她爷爷，塌鼻梁小眼睛，到了十几岁的年纪，又烤面包般发起来，肚腩晃荡得像奶油泡。丫头不爱运动，翁虹带她去拔罐，层层叠叠全是罐印，太阳照着，一只动物园里吃圆了脸的金钱豹骨碌碌往前滚。翁虹抬了抬鸭舌帽，看清了马路对面的公交站台，老刘常年不在家，她不会开车，也舍不得打的费，所幸转了又转公交车，再走一走，两小腿的肌肉都紧绷绷的。翁虹跨上公交车，膝盖处啪嗒一声。当年她会一字劈叉，站着小腿都能靠着耳朵，后门玻璃外的眼睛一眨一眨，老馆长一咳嗽，哗啦啦没了，然后又慢悠悠地堆叠在一起，细细簌簌笑。县城里流行西洋婚纱，翁虹挑了个一字肩的，裙摆顺着膝盖滑下来，婚礼时，她步子迈得大，听见里头衬裙刺啦的声音。老刘招呼着各个朋友，

　　　　　只有几年可穿好衣服了

他以前是个教书匠，光学校里的同事就两大桌。最近老听他叙旧，以前共事的数学老师当了校长，隔壁班的英语老师的儿子出国留学了，还有那个教导处主任，人没到六十就殁了，最要好的是那个政治老师，下狠心考了公务员，现在是南京城里的一个官。翁虹问他，你不也是狠了心下海了吗？老刘挥挥手说，不同不同，说到底，他就是个跑销售的，哪像人家，左一个王局，右一个王处，资产谁也说不清。翁虹听着老刘打呼噜，一声高一声低。她做姑娘时手捏塑料膜，一个泡泡响，一个泡泡闷出一个屁。

一排燕子理发、阿姨奶茶、联想专卖与美好超市划了过去。翁虹用手点了点车玻璃上的雾气，抹出了透明的圆，透过圆看出去，天一个半圆，地一个半圆，高高低低的建筑像针线将它俩缝合，几个少年骑着共享单车，风吹得他们的碎发扬了起来，一个少年回头，整个人蹿进了光里，笑起来的眼睛像被太阳照亮的月牙。翁虹手搁在窗棂上，托着腮，联欢晚会举办时，她是头一个给先进献花的，先进还握了她的手，笑眯眯的。母亲说那是机械厂厂长的外甥，也是最好的技术员，不愁没饭吃。翁虹捧着席慕蓉的诗集不睬她，母亲说，你爸就是被书害的，我不想让你走我们的老路啊。那个先进后来被机械切断了两根手指，爱上了喝酒，喝上头了，就到处和人说，他家里有钱得很，上牌桌都是万把块的交易，他的这两根手指，就是和赌王对决切下来的，两根手指保住了一个厂，值啊。母亲每提到他，都不吭声，说书会害人，也会救人。丫头成绩上不来，翁虹请了好几个老师补习，成绩好三天坏九天，上去一点又下来一串，翁虹找她谈心，说读书才能改变命运，她拨了两下吉他，说将来自己可以搞摇滚。翁虹捂着头说不出话，丫头又说，你不也是搞艺术的吗？翁虹父亲告诫过翁虹，有些书不能读的，就不要读，跳跳舞不挺好的吗？翁虹从县文化馆一股脑跑出去，馆长说都是些禁书，过两天要销毁的。翁虹在车玻璃上隐约看到了自己的影子，貂绒帽领红得油亮油亮的。

董云在店里排列着那些瓶罐，门头的招牌有些斑驳，照出层层叠叠、大大小小的翁虹。还没跨进门，就听见了董云在唱歌：一条大河波浪宽，风吹稻花香两岸。翁虹找了个椅子坐下，想和董云讲讲前几天楼下水果店老板家儿

151　　　　　　　　　　　　　　　只有几年可穿好衣服了

子退婚的事，董云声调越来越昂扬，唱起了坐上火车去拉萨，去看那神奇的布达拉。唱着唱着还举高了手，晃荡着，像是日光灯上叮着几只蛾子。翁虹用玻璃柜上印着广告的塑料扇子打她的胳膊，她回过味来，捂着腮帮说，昨晚牙疼，一宿没睡，喝了一大罐养生茶了，要把病毒逼出去。翁虹让她坐下来歇歇，她来了一会儿，董云已经唱了三首歌了，美声、民族唱法都有，喝点水润润嗓子。董云啪地打开玻璃柜上的养生茶罐，舀了两大勺，匀了水，咕咚咕咚灌了下去。翁虹起身去了汗蒸房，换了衣服，打了水，房间里的热气微微烫脸，翁虹想起丫头结婚时，老刘掉了泪，丫头在上面和女婿交换戒指，干冰雾气腾腾地上涨着，翁虹喊老刘快看，老刘却低下头用衣角擦拭眼镜片，灯光照得他半白半黑，翁虹抽抽鼻子，想，老刘要是当年继续当语文老师，说不定还比现在自在。一束强光扫过翁虹的眼睛，她看见了老刘驼着背坐在中学池边椅子上的样子，他勾着食指，摆弄口袋里的香烟，烟丝一小撮一小撮掉下来，他对着池子张大嘴巴，想喊又喊不出来。女婿手里的戒指掉了，拱在丫头的裙摆里摸索，丫头噗地笑出来，头顶上的皇冠一亮一亮的。老刘说过，等过几年有钱了，给翁虹补上周年礼物，钻石圆溜溜一大个的那种。

翁虹骑着自行车送丫头去幼儿园，丫头指着天上还没消失的月牙，说太阳伯伯的钻戒断了。翁虹停下车给丫头买棉花糖，她舔了一口，口水沾在糖絮上，晶莹的一串，将手指伸进去，抹得翁虹的毛衣上全是白糖。送走丫头后，翁虹在自行车上坐了好一会儿，她和几个姑娘绕着中学的池子骑车，阳光铺出银色的一层，那个穿灰色毛衣的姑娘说，她要随父母回南京去了，大家吵着闹着笑作一团，灰色毛衣的姑娘请大家吃了桂花糖藕，姑娘们又闹，脸上抹着一块一块的糖渍。翁虹朝店门外的天空张望，太阳像正在融化的皂角。

蛀牙。董云捂着腮帮子。是蛀牙。说着她又不断地添水喝茶，这种茶能治好很多病，肥胖肿瘤，肝胆脾肺，跌打损伤。这是董云听养生专家介绍，专门记在手机备忘录里的，专家的秃顶就是喝养生茶喝好的。那是一条神奇的天路，董云唱着，调起不来了 —— 我有花一朵，种在我心中，含苞待放意幽幽。翁虹笑了，你在唱《女人花》吗？

只有几年可穿好衣服了

朝朝与暮暮，我切切地等候，有心的人来入梦。董云拖了两个音，说只有唱歌的时候，牙才不疼。翁虹看见水流像条蛇一样钻进董云的身体，顺着血管一路往下，在她的脚趾上张开通红的嘴。对，脚尖要立起来。舞蹈老师在台上喊着，翁虹瞥了一眼后门，熙熙攘攘的，她都能瞧得到几大把鱼尾纹了。她举起胳膊，涂了蔻丹的十指像红莹莹的火焰，哗啦一下子，整个天花板都点着了。玻璃上贴满了眼睛，骨碌碌转着，听得见有人嘻嘻地笑，有人踹了别人一脚。翁虹放下胳膊，指甲像红金鱼般扑向地面。董云的喉咙里蓄满了水，像个滚球在里面转，咕咚又吞下去了。即使告别了春天阳光，你依然要开放。董云来回走着，地板发出噗噗的声音。丫头站在考场上，手一拨弄，也是这个声音。翁虹父亲喊来搬家的工人，看着他们将一捆捆书运走。母亲拿来抹布，擦拭着书柜上一圈长方形的灰尘，父亲坐在窗前，阳光勾出了他的轮廓，发丝随着呼吸一颤一颤的，风吹着麦田，父亲放下锄头，在田垄旁打开书本，小翁虹一遍遍地站起来倒下去，麦秆堆叠成了金黄的毯子。汗蒸房里的温度上来了，翁虹的鬓发中渗出肥大的汗珠，她打开毛巾，脖颈后的骨头被磨得圆亮。董云和她讲过，有天下雨，一伙客人在这里蒸到十一点，锁了店门回家，车里没带伞，她也没带钥匙，敲了二十来分钟的家门，她老公才披着睡衣懒洋洋地开门。洗了个澡，她老公又挺尸了，她坐在床上对着墙壁骂娘，骂到了半夜三点，她老公硬是没睁眼，也不知道他醒着还是在睡觉。这挨千刀的，董云说，自己待在家里不赚钱，平时养生茶一勺都不落，嘴里还念叨董云乱花钱。董云脱下外套给翁虹看，上面的标牌剪了一刀，都是代理厂家打版做的衣服，和正品差个零呢。翁虹呷了一口茶，天花板上的灯光零零星星地落下来，热气往上蒸腾，她看不清墙壁上的字。

门外头热闹起来。钱小梅正扯着她的嗓子喊人，董云迎上去和她说了几句，意思是翁虹在里头等她。说实话，钱小梅瞧不起董云，普通话都说不利索，过来买保健品，十块钱汗蒸费还追着她们要。等董云穿好鞋子出去了，钱小梅压低了嗓子说，她那么多羊毛裙，还不知道穿给谁看。翁虹说，她看过，那些羊毛裙质量都不咋的。有次翁虹在外面换衣服，听得见汗蒸房里提到自己的名字，她凑到门口听，钱小梅说翁虹有好几件皮草，董云说她没见她穿过，钱小梅说，又不是穿给我们这样的人看的。钱小梅说自己去培训了没来，翁虹要刮痧，董云一边刮一边说，钱小梅身上能刮出一层层黑色猪油，洗了几遍，刮痧板还油腻腻的。翁虹说她一个人在家，常年不做饭，都随便对付几口了事。董云说，她不是一直吃素吗，这么多板油哪里来的。翁虹说，她经常下馆子，都是些排档小吃店，即使吃素，也得吃好点的。董云甩甩刮痧板，翁虹你过得真好，吃的也这么讲究。翁虹说，那还不是来你这儿买保健品了吗？董云说，钱小梅前不久和她买了一套美容养颜丸，看样子还想找对象。翁虹说，她说有好几个人追她呢。董云啪地摔下刮痧板，她都快把牛吹死了。翁虹说，她不是本地人，又离婚了，也应该再找个伴。董云说，起码自己先把垢洗干净。翁虹说，她来无影去无踪的，没那么多讲究。董云下手重了些，翁虹嚷着肩胛骨疼，她没回她话，只是突然冒了一句：你家老刘很能赚钱吧？翁虹擦着脖颈里的汗，抓到了痒，一个激灵。

　　丫头说，他们这次回来，主要想商量买车的事，女婿家拿不出多少钱，就看爸妈了。翁虹又问老刘，买奥迪还是宝马，老刘皱着眉挥挥手，说厂里现在流动资金不足，下个月再续不上，他得把现在住的房子抵押了。这几天，翁虹睡得不踏实，老刘把所有虫子都挥到她这边来了。

门哗地一开，钱小梅进来了，脚底的塑料拖鞋甩了半边在门口。翁虹说明天周六，约钱小梅去文峰看衣服。钱小梅撅着个大屁股坐下，也不回翁虹话，咕咚灌了一杯水。翁虹加了点茶粉，也去倒水，倒了一半，钱小梅略显低沉的声音在背后涌来：你说他们怎么这么恶毒呢？翁虹坐下，仔细听她说，那个坏女人怎么样，那个死鱼脸的副局长怎么样，那个楼底下的物管大叔怎么样，那个卖速食水饺的超市营业员怎么样，都是老内容加上一点新的。翁虹又劝她，临退休没两年了，让她混过去算了。钱小梅垂着头不说话，门外传来董云的歌声，一条大河波浪宽。翁虹讲起钱小梅上次在雅莹看中的毛衣，说年底了，应该搞活动了。钱小梅还是不说话，发尖往下滴水珠。

丫头还小的时候，翁虹带她去学游泳，她坐在池边，伸出小腿，慢慢地荡着波浪，爬上岸时，细小的胳膊上掉下大珠小珠。结婚没两个月，丫头和翁虹通了很长时间的电话，翁虹让她控制饮食，瘦个十来斤就好看了。又过了两个月，丫头打电话给她，她还以为有什么事呢，丫头拉长了哭腔说，女婿心里头有别人。翁虹给丫头寄了不少养生茶，排出体内油脂，减小肚子的。过了没多久，丫头说，想他俩了，说得翁虹鼻子发酸，不知道当初拼命地把丫头留在南京，到底对不对。翁虹父亲反复叮嘱她，大城市机会多，不要让丫头待在小县城里，一眼望到人生尽头。

钱小梅又在那里低声絮叨，他们怎么这么恶毒呢，我们怎么这么傻呢。翁虹知道，这是她最爱说的，每讲段话，都会啰唆这几句。父亲没说过这样的话，只是搬着个板凳，坐在家门口，翁虹听他讲书里的故事，父亲拍着大腿说，以前读书吃亏，以后不读书吃亏哦。翁虹回家和母亲讲父亲又读了什么书，母亲说他在那里做样子，一副斯文样，实际上在看路过的女人呢。父亲给她讲完故事后，母亲用手搓搓围裙，喊他们回屋吃饭，老三样，豆腐、鱼丸、青菜汤，翁虹很奇怪，母亲为什么把一碗汤烧成了三个菜。母亲买回来一个二手电视机，巷子里的小伙伴挤着看，小鹿纯子扣球了，场面哄闹起来，翁虹的作业本被踩掉了封皮。父亲给她包书皮，翁虹在煤油灯下打起了哈欠，父亲小声问她，想不想考回南京呀？翁虹正瞌睡，头一点一点的，灯焰一上一下，整个屋子晃来晃去。早上去学校，翁虹发现笔袋里多了两支中华铅笔。

两人被一声吼叫吓了一跳。是董云，唱着唱着，唱起了呀啦嗦，那就是青藏高原。翁虹想和钱小梅说说董云牙疼的事，她却坐在长凳的一角，阴影覆盖了她大半个身体。翁虹想起南桥镇镇长的事，或许真有这号人，和钱小梅也有交集，那个小她十几岁的男网友，或许也是时间不凑巧，他俩没能见面。翁虹掏出手机，想给她看朋友圈里发的雅莹折扣款衣服，钱小梅眼神涣散，也不看手机，翁虹又讲单位里那个死鱼脸副局长的糗事，钱小梅身上的阴影加深了。董云的歌声传来，坐上了火车去拉萨，去看那神奇的布达拉，去看那最美的格桑花呀，盛开在雪山下。钱小梅抬起了头：你说清华学生的脑袋是怎样的？翁虹说，你该不是收到清华录取通知书了吧。钱小梅脸庞瞬间一亮，她说她已经考上南大了。董华和翁虹说过，钱小梅的那个营

　　　　　　　　　只有几年可穿好衣服了

养师证书花钱就能买到，她家里有一沓。这一年来，翁虹经常喊不动她了，她说她要学习，忙着呢。董云都说她重返青春期了，读书考大学，再谈几段恋爱，结婚。钱小梅捂着掖着，不让她们知道她在学习什么，翁虹也知道，电脑一上网，弹出的小广告里，经常有考学历，专升本什么的，有的开价六八八，有的开价九八八。钱小梅活过来一阵，说她也是南大的学生了，做大事的料，她必须得为她以后上演讲台备几套衣服。说着，她的声音又暗淡了，泡沫慢慢小下去，剩了一串鱼眼睛似的，她反复嘀咕，他们怎么就这么恶毒，我们怎么就这么傻呢。

丫头离研究生录取线差几分，翁虹四处找人打听，她一定要让丫头留在南京，她父亲也是这么说的。有个老乡说了门路，翁虹提着烟酒去找了以前教政治的王局，王局人挺热情的，请她吃了顿饭，笑眯眯地看着她说，她以前跳舞跳得可好看了，红点白裙都快飞上天花板了。翁虹又提着烟酒回来了，告诉父亲，丫头很有可能留在南京念研究生。翁虹炒了好几个菜，等老刘回来，老刘又说在应酬，生意不好做，今晚酒要喝个够。翁虹倒掉了剩下的青菜，鱼丸盖上保鲜膜放进了冰箱里，阳台外的灯一盏亮过一盏。

　　钱小梅只剩下嗫嚅了，怎么这么恶毒，怎么这么傻。翁虹以前听单位里的人说，她抱着前夫不让他走，前夫一一掰开了她的手，说着办公室里的人都哄笑起来。翁虹觉得老刘还是挺不错的，没给她惹什么麻烦，这些年对她也尽责了。搬出以前的老房子时，翁虹整个打扫了一遍，一本席慕蓉诗集里，飘出了两张老照片，一张是她们舞蹈房姑娘的合照，还有一张那个穿灰色毛衣女孩的单人照。翁虹想起，当年找馆长借书，还有几本要销毁的禁书在灰色毛衣的女孩那里，她功课很好，语文有次考了全市第一，她站在红旗下讲话，风吹过来，她的裙摆飘扬起来，像是跳起了舞蹈。舞蹈房拆建的那晚，翁虹在里面待了很久，她感到舞蹈房活过来了，压腿凳像磨得紧实的槽牙，四周的镜子像黏滑的舌头奔她而来，她扼住了自己的喉咙，感到不能呼吸。这个舞蹈房是吃人不吐骨头的嘴巴，吃掉了很多人，她大口喘着气，翘起的地板像是一颗蛀牙，她闭上了眼睛，倾听着舞蹈房的低吼。

　　董云一脚踢开了门：你们为什么不和我一起唱歌？

　　　　　　　　　　　　　　只有几年可穿好衣服了

钱小梅抬高了头，问她为什么要唱歌。

你们总不能就让我一个人唱吧？

钱小梅看向了翁虹。翁虹轻轻问了一句，梅艳芳和张国荣在一起了吗？

我看早呢。董云回答，将手里的一杯养生茶搁置在木凳上，接着唱起来，女人花，摇曳在红尘中，女人花，随风轻轻摆动，只盼望，有一双温柔手，能抚慰，我内心的寂寞。钱小梅哼起了小调，翁虹也唱了起来，我有花一朵，花香满枝头，谁来真心寻芳踪，花开不多时，啊堪折直须折，女人如花花似梦。钱小梅歌声渐渐大了。爱过知情重，醉过知酒浓，花开花谢终是空。缘分不停留，像春风来又走，女人如花花似梦。

热气上涌，三个人的脸粉扑扑的，唱完最后一个字，她们又沉默了。茶汤里有一弯反光的匕首，一点一点地撬着蛀牙。

跳火圈

刘珍将第二本书摆在了第三本上。她困了，不想知道那两人是否走到了一起。范明还在单位加班，衣架上悬着他大了一号的西装。床底下的秤被搬出来了，范明从卫生间出来，擦擦身子称斤两，刘珍让他再去洗个脚。范明跷着二郎腿在那打游戏，刘珍闻到了他脚丫上的玫瑰精油味，她几天前刚买的，听导购说可以有效抑制眼角皱纹。刘珍问他是不是最近鞋子比较滑，他想了一会儿说，他瘦了，鞋子大了点，准备去耐克、阿迪看看。刘珍半躺在靠枕上，眼皮快合上了。等她睁开眼，第二本书变成了第三本，第三本书变成了第二本。

厨房里还卧着两个鸡蛋。刘珍想烧个西红柿炒蛋，结果西红柿发霉了。她查了查冰箱，上周打包回来的枣糕还在，冻成石头了。是老佟请的客，说来一趟南京不容易。刘珍用汤匙敲了敲枣糕，像老佟的光头一样梆硬。桌上还有些老谢老于老李什么的，老佟对着刘珍一杯干了，那几个又劝酒，老佟说自己前些年喝出了肝炎，这杯是干不动了，老谢他们又在那里嘘，问他敬马云了还是喝翻马化腾了，吵闹中，老佟又被灌了几杯，眼角噙着泪花。饭局散了，老谢扶着老佟进出租车，老佟扭过身子对服务员喊，打包一份枣糕，给刘珍带着。高中毕业那会儿，刘珍抽屉里多了一袋大白兔，也不知道谁放进去的，刘珍趁着大家一起撕试卷，顺便撕了糖。老谢经过她身边，还问她讨杯喜酒喝。

刘珍和范明结婚时，没喊他们，就叫了几个关系还可以的大学同学。隔了两天，老佟给刘珍发了个两千的红包。刘珍和老佟说，他结婚时她都没随份子，这礼金她不收。老佟说，高中没少麻烦她讲题目，要是刘珍生了个闺女，他还指望结个亲家呢。刘珍想起老佟还是小佟的时候，披着麻袋做的披风，站在屋瓦上往下跳，跳着跳着，有人喊他捡羽毛球，有人喊他摆天线，有人让他把台风吹上去的内衣扔下来。小佟曾红着脸说，谁谁家的谁谁开始发育了。几个小伙伴跳绳，小佟只敢往自己的脚指头瞅，瞅着瞅着脚指头痒了起来，咯吱咯吱的，后来人家说小佟跳绳跳出了鸡眼。有天下雷阵雨，那户人家的屋瓦被薅成了斑秃。噼噼啪啪的，还没人听出来。

刘珍蒸了枣糕，风从窗口吹进来，蓝色的火焰歪了一歪。第一次见范明时，他穿着件蓝色的西装，打着暗红色的领带，他说他刚从法庭上下来。范明和她聊了聊接手的这个官司，两个人吃了顿晚餐，神户牛肉端上来时，还冒着火焰，他领带上的暗纹一会儿一会儿地跑进透明的焰芯里去，她感觉范明的喉咙在不断地跳火圈。范明说，这个官司还没有结束，半个月后还得开庭。刘珍又点了份山药泥拌饭给他，他吃得急，咳嗽起来。刘珍确认那时起，对他有了一股怜爱之心。那个官司范明没打得赢，刘珍站在法院门口等他，外面下过了一阵秋雨，风卷着落叶，刘珍看见他从门里出来，缩着脖子，耸着肩，腋下夹着一沓文件。他身后冲出一个人，撞到了他，文件随着风扬到了空中，刘珍仿佛看见了那些瓦片朝着天空划出一个个弧度。文件一张张被捡了起来，那些房子被再次确立。

　　枣糕的味道有点淡了。刘珍还没确定要不要出去。枣糕的外皮黏在了她的拇指上，她撕开一些，看到了自己螺旋状的指纹。她想起了那本书里的迷宫，小范在里面走着，外面的小刘正在举行草地婚礼，礼乐声传来，小范点燃了火焰，火焰烧光了藩篱做的迷宫，蔓延到了新娘小刘的脚下，一个个宾客从火里跳了出去。刘珍看见螺旋纹的出口，延伸到了指甲下面。指甲还残留着些红色甲油，上周聚会前刚做的。这些指甲让她想起屋顶上的红瓦片，均匀有致地覆盖着。小佟的脚步在上面点着，咚咚嗒嗒，像敲着琴键。刘珍在下面跑着，似乎她握着扣在小佟胸前的透明风筝线，稍不注意就飞走了。小佟他妈喊了起来，说红烧排骨烧好了。线轮迅速地滚动起来，瓦片嘣嘣嘣地响着，乓的一声，猪蹄扣也脱线了。漫过刘珍身体的潮水哗地退去，几艘昏暗中行驶的船只摇晃着灯光，雾霭沉下，一座岛似有若无，像是一丛灰黑色的火焰般逐渐升高。刘珍再次打开冰箱，冰块在白色的雾气中变小。

刘珍将两个鸡蛋放入了冰箱的凹槽中。寒冬生火时，火焰像毛茸茸的小脑袋，蹭着煤炭炉子。刘珍母亲支起透明的塑料帐子，边角小心地掖在刷过桐油的木盆下，木盆的一头搁着腾腾冒热气的沸水，兑好的温水浇在身上，又用瓢将身下的脏水舀到外面去，在湿热的雾气中，刘珍完成了一次沐浴。她躺在半热半凉的被褥中，小心地用脚摩挲着毛巾包裹着的汤婆子，毛巾漏了一角，她会用被子蒙住脑袋喊一声，烫出泡来了，她会死死地咬住被子，眼角泌出的泪淌到耳朵窝里去。隔壁的那户人家，睡得太熟，煤油灯把半个桌台熏黑了。刘珍母亲把家里的煤油灯摆在玻璃台上，玻璃下压着外婆、外公、小姨、小姑的照片，有阵子停电，煤油不够了，点了蜡烛，烛油将年轻时的母亲晕成了猪头。刘珍小心地用笔盒里的钢尺刮烛油，玻璃上留了两道痕，母亲像是有了个刀疤似的。刘珍从笔盒里翻出了贴花纸，郑重地在母亲的发鬓上贴了一朵红花。刘珍三年级时，母亲将她手肘粗的黑辫子剪了。小佟一路点着瓦片，喊巷子口跳绳的刘珍，她母亲摔了碗盆，手上豁出了口子。母亲用梳子给她梳头，簌簌的声音，像梳子嵌入了母亲的手。刘珍顶着马尾辫上学，小佟和她说着奥特曼的故事。刘珍烦了，问他，奥特曼有头发吗？小佟安静了两天，放学后把她拉到一边，说奥特曼的头发是铁丝。

牛奶在刘珍的嘴里变得温热。米袋上披着蒙蒙的一层灰，盐罐靠着风干变硬的洗碗布，里面结了甲壳般的盐巴。刘珍用挂在墙壁上的水果刀切了柠檬，大小尺寸的菜刀碰到一起，乒乒乓乓，码头边生锈的船舶呜咽着下沉了三寸。刘珍挑出了柠檬籽，一颗跳到了地上摆着的盆里，拨开散乱的牛皮纸盒，她发现了一个发芽的土豆，像腹绞痛的人蜷缩着举起手臂。刘珍在被窝里捂了一会儿，伸出手在床头柜抽屉里摸索着，一个橡胶玩具，一副塑料眼镜，一个填满了稻草的麂皮布娃娃，还多了个透明的气球皮。她在被窝里玩了好一会儿，气球皮韧性足，弹力大，要用好大力气才能吹鼓。玩着玩着睡着了，醒来到早上了，小佟过来送作业本，两人想着怎样把气球皮戳破，它能拉到塑料眼镜腿那么长，麂皮布娃娃的大脑袋也能装得下。放学回来后，抽屉里的气球皮不见了，刘珍找了一圈，在床底下找到了一只黑色丝袜，她把黑色丝袜扎了一个蝴蝶结，戴在麂皮布娃娃的头上。小佟又过来找她问题目，放水进水的应用题，讲着讲着，小佟说这是流口水与咽口水的问题，刘珍也觉得像，两人打开储物柜，撕开豆奶粉倒进嘴里。小佟被呛着了，猛地往前一喷，纷纷扬扬的，在地上盖了薄薄一层。

刘珍抹了抹嘴角的牛奶沫。她打了个哈欠，走向沙发。沙发上坐出了个圆窝，棉布冒着小漩涡般的毛球。她把自己叠在上面，胳膊像玉藕。眯了一会儿，她感到有手指头想从玉藕里钻出来。她摸到了茶几上的那本书，啪嗒一声，书撂在了地毯上，摊开裂成了两半。缝隙的两面，讲的是小范去找小刘，带她去游乐场玩，路过一块刚浇好的水泥地，小范啪地跳了过去，小刘在水泥边缘来回蹭着，小范催促她，她跳过了大半的水泥地，留下两个深深的脚印。小范二话不说，跳过了小半水泥地，在她的脚印边踩出了一个爱心圆圈。范明带她去过兴化，他的老家。刘珍在金黄的油菜花田里拍了一组写真，可惜阳光太亮，刘珍的脸一块白、一块黑。他们又去水上森林坐竹筏，水杉笔直地列在那里，水波中，刘珍和范明的身影一会儿分开，一会儿又叠合在一起。有个人在凫水，管理员叫了两声，他没入了水中。平静的湖面上，刘珍再没看见那个人，只有一道微微泛白的涟漪，长长地伸往前方。范明问她去不去古镇看看，刘珍问他古镇在哪个方向，范明指向前方，忽然湖面耸起了怪物的脊背，在它的脖颈之上，鼓起了一个岛屿大小的脑袋。水流平缓地往前，竹篙戳了进去。他俩上了岸，脱下橙色的救生衣，刘珍在木板上小心地走着，不想碰到白鹭坠下的粪便。范明快活地吹着口哨，风卷起，水杉的枝叶簌簌响。刘珍抬起了头，两边的水杉组成了黑色的峭壁，天空如同深渊。

时针嚓嚓劈了下去。母亲掰开纱门，喊刘珍回家吃饭。刘珍把赢回来的玻璃弹珠往怀里一搂，用衣服兜着，小佟还在嚷再来一局，他收藏的闪粉芯弹珠被刘珍赢走了。小佟他妈骑着自行车来了，说主任刚买的光明雪砖，厂里还发了一箱维维豆奶。小佟撕开蓝色印花纸盒，看了一眼刘珍，像是报复似的啃起雪砖来。刘珍昂了昂头，和母亲说，她晚上要看《葫芦娃》碟片。母亲提了提嗓子说，刘珍她爸刚在城里买了《猫和老鼠》，还带回了一罐高乐高。

刘珍朝背后吐了吐舌头，把怀里的弹珠搂得更紧了。中学体育考试，刘珍没跳过及格线，在沙坑里走了几步，半个身子往前倒去，小佟一把搂住了她。怪不好意思的，跳远那一栏没有分数。考完后，小佟合着几个伙伴，带刘珍去吃烧烤，吃了两盘羊肉串后，老板娘上了一排活珠子，一个活珠子没站得稳，掉在地上，啪啪滚了几下，裂开了，一条纤细僵硬的鸡爪伸了出来，撑了撑地，又被蛋的重量压折了。回家后，刘珍老觉得有什么盯着她，可能是那个活珠子。她用被子捂着脑袋，半夜被憋醒了。

刘珍在沙发上侧躺了一会儿，时针的声音吵得她睡不着。她坐了起来，翻开那本书读下去。小范一个人躺在小船上，顺水漂流，雾遮挡着太阳，雾散去了，还有厚厚的云朵。一波一波水涌过去，小范看着自己的肚皮鼓起来，又沉下去，岸边传来了笛声，叮叮咚咚的。听着，小范打起了瞌睡，梦见小刘正在给他的肚皮熏艾草，艾草越来越长，缠绕住了他的肚子。小范睁眼时，船已经搁浅了，笛声似有若无，他走上岸，循着声音过去，周围是个公园，笛声是从石头模样的音箱里发出的。窗外响起了嘈杂的音乐声，刘珍起身望出去，是街道外的商场搞促销。满五百减六十，满一千减一百五，还有抽奖，一等奖是苹果十二手机。刘珍打开窗户，在阳台上站了会儿，商场门前的人流不算多，几个大爷大妈举起印着广告的塑料扇子，仰看着舞台上的主持人。主持人扔下几个红色信封，一个骑着蓝色小三轮的孩子接到一封，打开来，好像是张钞票，孩子挥舞着，风一吹，它像纸飞机一样飞走了。刘珍踱步回到客厅，风扇还在嗡嗡摇头。

刘珍去过法庭看范明辩护。那个案子有点棘手，医生为病人治病，病人去药房拿药，多拿了一盒，病人自己多吃了剂量过世了。范明要为医生辩护，证明他在此事中没有责任，而病人家属却要求医院为此事负全责。范明说的话有长句有短句，鼻音也有点重。刘珍看着他的喉咙一上一下，有条绳子箍紧在一边似的。法官的锤子落下，绳子被点燃，瞬间烧为灰烬。范明未能给医生脱罪，医生倒拍了拍他的肩膀，接过他手中的香烟。两人在法院门口抽了会儿烟，谁也没说话，范明和刘珍上的士时，医生为刘珍开了车门。透过后视镜，刘珍看见医生还站在那里，既不悲伤也不震惊，像是剖宫产时留在肚皮外的刀柄。刘珍问范明，累不累，要不要去喝一杯咖啡。范明托着腮帮不说话，半开的窗户进了风，吹得他手肘下的文件哗哗响。他们去新街口逛了逛，刘珍给范明买了条领带，范明带刘珍看了场电影，散场后，两人吃了顿晚饭，范明用咖喱酱拌着小丘高的香米饭，吃干净了。范明送刘珍进了小区，刘珍回家洗了个澡，擦着头向楼下望去，范明还在路灯下，斜靠着灯柱，大半个身子没入阴影，看不清是不是在抽烟。刘珍想打个电话给他，想想算了。过了二十来分钟，范明走了，那把插在肚皮里的刀被缓缓拔了出来。

举办婚礼时，范明罗列了一排亲友名单，刘珍也写了一小排，又去掉几个，留下的几乎是她随过礼的人。她想过让老佟他们过来，给婚礼热闹热闹，不过听老李说，老佟婚礼时，老谢和他闹得很不愉快，等宾客散得差不多了，他俩去更衣室打了一架。刘珍问老李原因，老李说老谢喝高了，和别人说老佟的父亲不是他亲爸，那些人也好奇，老谢把老佟六年级时奥赛作弊的事都说出来了，要不是他，老谢也能当一回学校表彰的优秀少年。他俩不知道何时又和好了，上周吃晚饭，老佟把老谢夸成了一朵花。老佟高考没考好，到了西部上大学，大学毕业后留在了那里，瞅准了商机，也发了一笔小财，买房娶妻生子。老谢毕业后考了公务员，刚调到招商引资办提了副科，老婆在某个中学当英语老师，成天在自己家搞课外培训。老谢给老佟敬了杯酒，老佟给老谢递了支烟，刘珍在那里舀酒酿汤圆，圆桌上摆好两排，各人想吃各人取。老佟说，这么多年过去了，刘珍还是那样。刘珍笑了笑，又给老佟舀了一勺。老佟哧溜一口喝光了，喊服务员来上枣糕。老谢端着酒杯，讲起了当年吃干脆面收集三国、水浒卡的事，老佟曾经用一张李逵换了老谢一个关羽、一个赵子龙，结果后面刘备阵营的三国卡吃香了，老谢捧着一群曹操部队去找老佟，老佟给他上起了语文课，滚滚长江东逝水，浪花淘尽英雄。两人喝上头了，比画着大乔小乔归谁，老谢手快，赢了一回，老佟问他想要啥，老谢抿了一口，说，总不能干喝酒酿汤圆吧。酒过三巡，老佟拍着老谢的背喊老弟，老谢扶着老佟上出租车，车门关闭，刘珍分明看见老佟的脸贴在车窗上，和那时的小佟一样刮拉出了猪鼻子。

刘珍投了个骰子。这是范明带回来的，有时候陪客户，他们会小赌几把。范明输的次数多，酒喝得也多，有一次倒在了电梯门口，弄得下面的人回不了家，打电话给物业，两个物业小伙爬上楼梯，把范明抬回了家。刘珍用抹布擦拭范明吐过的地板，范明躺在鞋架下，把一只只鞋子扔出去，家里落满了拖鞋、皮鞋、运动鞋。酒醒后，范明靠在枕头上，一声不吭，昨晚穿的拖鞋剩下了一只，另一只被他踢到了床底下。结婚时，范明喝得也多，婚礼结束后，他直接趴在床上睡着了。刘珍坐在边上，一张张地数礼钱，把名字记下来，写着写着笔没墨了，刘珍栽在被褥上睡了。起来后，两人对坐着，从头开始数礼钱，差点误了去云南的飞机。坐在飞机上，刘珍喝着咖啡看云朵，范明打开手机加加减减，他不明白为何少了一千。蜜月结束时，范明还是没算明白。两人在玉龙雪山留了影，不约而同地咧着嘴，身后一长串灰白的脚印，一个红色的旗帜埋在了雪里。刘珍闭上眼睛，等着手里的骰子像雪一样融化。

三颗黑点。刘珍坐在了沙发上，仰面看着白得很均匀的天花板。她想起了小范和小刘的故事，在飞机场，小范举着牌子等待小刘，人流涌动，小刘拖着行李箱走来了。这时一群蒙面歹徒闯进了候机室，机场回荡着骇人而悠久的枪声。人们推搡着逃走，小刘朝小范伸出手，小范没抓住，眼看着小刘被汹涌的人群越推越远，小范想冲进去，人群背后响起了巨大的爆炸声，火光中，无数玻璃碎片被抛上天空，又哗啦啦地砸了下来。刘珍睁大了眼睛，天花板宛如一颗白色的心脏，一会儿近，一会儿远。她知道她不能等了，时钟如一块老墙皮般起了皮。

小佟用钢尺帮她刮过玻璃台上的烛油，母亲的裙子上划过了两条杠，刘珍责怪他，他用圆规绕着一点画了个圆，说这是早上九点钟的太阳。刘珍说没有刻度，这也可能是下午三点半的太阳。小佟用铅笔认真地标起了数字，标了一半，他突然抬头：你知道美国现在几点吗？刘珍摇摇头说不知道，小佟说他也不知道，但以后他会知道的，他会坐着大飞机，一会儿在早晨九点钟的中国，一会儿到下午三点半的美国。刘珍说，她要请他吃早茶，他也必须请她吃下午茶。他俩拉了钩，大拇指点在了一起。

还在加班吗？刘珍发消息问范明。

嗯，还在和客户沟通。过了一会儿，范明回刘珍。

我有事出去一趟，晚饭你自己解决。

刘珍没有等范明回复。她去卫生间洗了把脸，用的冷水。她看着镜中的自己，眉毛上挂着水珠。高考结束后，她去了一趟海边。游玩了一半，台风来了，乌云裹住了天空，狂风卷着雨点洒向大海。宾馆里的水电时好时坏，她走到了街上，雨密密麻麻的，风卷走了她的帽子，她看着帽子变成了遥远的一小片。回到宾馆，水正常供应，电已经停了，她坐在黑暗中，透过窗看大海，风削掉了海的屋檐。那晚她睡不着，想打电话给小佟，手机里电不足了，她躺在床上听风声。小佟考取了西部的一所大学，他说他会常来南京看她的。

她想起了范明第一次来单位看她。她在楼上听到了几声拖着尾音的喇叭声，然后门卫打电话来了，说有人送她一捧玫瑰。刘珍捧着玫瑰，有点恍惚，楼下又传来了一声拖长了的喇叭声，一只白鸽飞上了高空，白色的瓦片被高高的脚手架架起。后来刘珍问范明，那天他是不是穿着一件藏青色的夹克，范明摇头，说他穿的是暗红色的外套。

刘珍没多问。她把玫瑰放在了部门大厅的花瓶里，屏风后面走过了一个穿藏青色夹克的男人，她追过去，男人消失了。她想起高中时，她给小佟讲物理题目，小佟问她了解黑洞吗，她用笔敲敲试卷，提醒他计算重力加速度，小佟却凑到她的耳朵上，说黑洞无处不在，很多人走着走着，就到黑洞里去了。刘珍认为如果范明是那个穿藏青色夹克的男人的话，他已经消失了，他跳进了黑洞里，去了另一个时空，而现在的这个范明，已经被置换了。见范明穿那件暗红色的外套，刘珍总是想，他是跳出黑洞，在撕裂的火焰里幸存的男人。

刘珍来到了宾馆前。很多车辆在她的身后穿梭。宾馆的旋转门转出了无数个她，高的、矮的、瘦的、胖的。她很想告诉老佟，她已经不是从前的那个刘珍了。她眼角有了纹路，苹果肌也萎缩了部分，头发少了，高跟鞋也穿不利索了。她抬头看着天空，无数水分子往下沉着，落在她的肩膀上，裂了开来。

你还会回来吗？搬家前，小佟问刘珍。

她不记得她说了什么，只记得她抬头看了看天空。

如果她一脚穿过了整个蓝色天空，会发生什么？

敲开门，老佟戴着眼镜，手指间夹着一支钢笔。房间的桌台上摊开一本书，台灯温温地亮着。刘珍进了房间，一时说不出什么话。老佟的皮鞋规规整整地列在床边，衣架上挂着一件薄外套，一条牛仔裤被叠得四四方方摆在床头柜，上面还有一卷卷得溜圆的黑色皮带。如果范明在这个空间里，他的袜子可能在台灯上，在桌椅下，在抽屉里，也可能挂在把手上。

两年后，小范和小刘在秦淮河船坞上相见，小刘穿着一件有些紧身的裙子，腰间全是褶皱，小范穿着一件袖口磨白了的牛仔衣，两人在船上对坐着，船橹一摇一晃，小刘眼中的小范一会儿低、一会儿高，小范眼中的小刘一会儿高、一会儿低。两人互不说话，船头响起了音乐声，岸上亮起了霓虹，一行路人穿过霓虹，在地上留下斑驳的影子。刘珍很想说些什么，空调发出了一阵嗡嗡声。老佟坐在床边，钢笔卡在了他身下的褶皱里。

刘珍和他讲了讲单位的事，老佟会在不适合笑的地方笑两声，刘珍也随着他笑一笑。老佟又提起了老谢，说他

跳火圈

现在当干部了，很有那么一个样子。刘珍说老谢挺有出息的，经常陪大领导应酬，开车送他们回家。老佟说老谢会考试，从小一直考不过他。刘珍又问起他儿子怎么样了。老佟说他挺胖的，脚丫子都陷在肉窝里了。刘珍说小孩子最好不要喂得太多，对身体不好。老佟嗯啊了几下，问她最近过得怎么样。刘珍说在单位挺好的，工作不是很繁忙，范明也不错，前几个案子都没败诉。两人一前一后地聊着，空调风吹得桌台上的书页立了起来。

没多少话聊了，老佟说他要去上个卫生间。等了一会儿，老佟没出来，也没声响，刘珍起了身，走出房间，带上了门。乘着电梯到了一楼，她走过了旋转门。宾馆楼下一阵骚动，一些美钞纷纷扬扬地落了下来，像是一些轻分量的瓦片，在地上覆盖了小小一层。人们愣了一下，跑去抢。刘珍抬头看了看，窗口的那个身影似乎是老佟。她没有注视多久，转而看向了逐渐变深的蓝色天空。高楼的霓虹点缀着天空，一些火星小范围地燃烧着。

刘珍在街道上走了很久，她越走，越觉得脚步轻盈，走上了云朵，走上了太空。小吃店亮起了招牌，行人匆匆地走着。

离开小巷后，母亲重新找了一份工作。那时厂里只剩一个名额，主任留给了小佟他妈。母亲拿着买断工龄的钱做了一阵子小本生意，替人缝衣衲补什么的。小佟他妈经常过来找她改旗袍，一件一件的。刘珍还记得她穿旗袍的样子，一扭一扭，腿上蒙着透肉的黑色丝袜，高跟鞋一点一点。母亲的头发后来长了，又短了。搬家时，玻璃台没带得走，母亲拿走了里面的照片。玻璃上的贴花纸，时钟印留在了那里。母亲喊来了卡车，将家里的东西往外运，刘珍问她，我们还会不会回来？母亲没听见似的，合着几个工人将床板搬到了卡车上。卡车开了很久，刘珍迷迷糊糊睡着了，醒来时，工人们喊着口号，一二一，一二一，家具被扔了下去，一个人接着，传给另一个。

　　门没反锁。刘珍看见了范明的黑色耐克鞋，门口还多了一双暗红色纹路的高跟鞋，屋子里飘着一股淡淡的玫瑰味。她看向客厅的茶几，那本书还摊着，她还是没能知道小范和小刘到底有没有在一起。

　　刘珍关上了门。她走下了下一阶台阶，窗外，那些房子似乎还在烧着，一个孩子跳了下来，手里攥着一片红得冒油的瓦片。

长距离游泳

　　堤岸长出一层一层苔藓，水位还在下降。刘珍靠在桥边，看岸对面的教堂上，十字架的阴影拖出了长长的一横。一辆辆车碾过去，刘珍随着震动一高一高的，像螺丝钉在松动。空中飞起白鸽，旋转了一圈儿，落在了教堂的尖顶，彩色玻璃映在了地上，方块九，黑桃三，深蓝色的是梅花K。刘珍从牌桌上抬起头，看见父亲隐入冰箱的阴影中，母亲用围裙搓搓手，抽出了父亲的四张牌，牌桌左右的两个人拍腿叹气，父亲在阴影中探出身子，灯泡晃了晃，水缸里汪着大片光亮，墙上挂着一截一截的香肠。父亲将钞票叠好放在抽屉里，母亲剪下一截香肠，厨房里传来菜刀声。坐在父亲对面的男青年喊，嫂子，别忙了，我们打完这局就走。菜刀声停顿了一会儿，又在厨房里挤来挤去，蒜味猛地扑来。堤岸边系着小船，像是刚拍好的蒜瓣。刘珍感到了饥饿。

风吹着刘珍往前走，硬币蹭着衣兜，扑通响。刘珍扶着天桥的栏杆，一步步往下走，摸到凹槽里的积水，猛地缩手，把手抄在兜里，硬币碰到了指节，弹到更里面去了。刘珍在天桥上站了站，静着脸，眼镜片上不时闪过鸽子的身影。父亲在厨房煨着乳鸽，白雾爬上了窗户，对楼的红色床单渐渐变得粉红。母亲躺在沙发上打毛线，松紧腰的裤缝里露出一截白肉，遮住了冒出沙发皮的弹簧。小刘珍坐在书桌前，悄悄地在作业本下的草稿纸上描魔卡小樱。毛线球滚了下来，长长地往前延伸，毛线针悬在那里，热气涌出厨房，小刘珍勾勒出了小樱的裙摆。父亲细细地抿着鸽翅膀，骨头斜戳了出来。母亲给小刘珍盛了一碗汤，汤里漂着油花，小刘珍用筷子搅了搅，油花变小了，又变大了。刘珍捧着花走向母亲，母亲撩起她的白纱，房顶的

　　　　　　　　　　　　　　　长距离游泳

水晶灯晃眼。一晃，油花又变小了，小刘珍啜吸着汤，抬起头时，一身西装的范明朝她走来，盒子里的钻戒一晃，油花又变大了。父亲的下巴高高地架在一堆骨头上，母亲在碗里捞着肉。小刘珍滚出母亲的身体，医生捧着她递给父亲，母亲睁开眼，眼里蒙着一层油花。刘珍用指腹摩挲着硬币，硬币切开了她的双指，母亲端着一块奶油蛋糕走向她。她用钢尺一寸寸地剔桌上的烛油，乳鸽在锅里翻了个身，窗户上淌着水珠，对楼的床单染出了红条纹。弯腰的父亲起身，盐粒籁籁地下撒，火焰往他身上扑。

夕阳涂黄了楼层高的窗玻璃。刘珍一阶一阶往下沉，窗户一层一层往上浮，黄色亮了几下，晕成了暗褐色。桥下的车辆有了刘珍一半高，开过去，她看见自己的身影映在黑色壳子上，一瞬扁圆，一瞬瘦长。她胖过那么一阵，范明说她胖了好看，她吃了两个月的水煮菜，泡了澡，箍了一个束腰，扑了粉去同学会。云朵擦过天空，淡红抹着淡紫，油油的透着金。刘珍看了一眼这样的天际，垂下头，手指尖掂着兜里的硬币。她似乎还想把硬币磨得圆些。母亲坐在一旁磨铅笔，小刘珍问，为什么泳池里要一边放水一边排水？母亲说，那你还一边长指甲一边剪指甲呢。小刘珍跑去厨房问父亲，父亲眼皮没抬，说，你还一边吃饭一边上厕所呢。小刘珍对这两个答案都不满意，她把题目修改了，删掉了"以九十立方米每小时排水"这一条件。范明躺在沙发上，加湿器对着他的脸吹，抽湿机嗡嗡响，刘珍又问了这个问题，范明摘去发热眼罩，揉揉眼睛，问刘珍，我们是以一天一天的计量单位叠加生命，还是以一天一天的计量单位临近死亡？刘珍摇摇头，说范明的鼻尖上悬着水珠。母亲按住小刘珍的脑袋，让她多憋会儿气。她咕咚咕咚地咽了不少水，游泳池长出了无数个大瘤，朝她挤过来，她扑腾着，面前的这个瘤快要涨破了，她能清晰地看见里面的脓水，当游泳池壁接近于透明时，她四肢软了，像个小水珠般浮了上去。她猛地睁开眼睛，太阳湿漉漉地垂下光芒。她站在马路边，双手抡了个整圆，想喊，喊不出来，银色的汽车壳带走了扁圆的她。

　　冰激凌顺着手指淌下来，母亲和小刘珍说，将来她要去唱歌，弹钢琴，跳芭蕾，滑雪，潜水，跳伞，考进哈佛大学，耶鲁大学也可以，然后在绿茵地上给母亲打电话：

华尔街通过面试了，时代广场上古驰、迪奥上新了，买了一套雅诗兰黛的化妆品，学校里有好几个白人小伙邀请她当舞伴，她订好了去夏威夷度假的机票……小刘珍舔着胳膊上的冰激凌，问母亲，古驰是什么，迪奥是什么，雅诗兰黛多少钱，夏威夷那里有椰子糕卖吗，母亲拍拍她的脑袋，说，吃完冰激凌，就带她去报兴趣班。

范明给刘珍梳头，耳边的鬓角都小心地掖好，刘珍嘶了一声，范明给她揉太阳穴，刘珍问范明，是不是对前女友都这样，范明说，他有两个姐姐，她们经常让他梳头。范明走后，刘珍对着镜子散开了头发，鬓发翘了起来，刘珍怎么拨弄都按不下去。工人文化宫里，穿着芭蕾裙的女孩跷起腿，老师又将它们按下去。老师布置三十个仰卧起坐，小刘珍怎么也起不来，给她按腿的女孩举手，老师柔声细语了几句，大家在她周围围坐了一圈，一个说她腿弯得太过，一个说她手要托着脑袋。小刘珍躺在舞蹈室，朝着天花板露出肚皮，她想起了游泳池里的瘤。刘珍倚着天桥的栏杆，红红的太阳像烟头戳出来的洞。不远处的楼房亮起了灯，哗啦点燃了一片。小刘珍还躺在那里，女孩们的目光爬满了肚皮。

街角的公交车站牌生了锈。刘珍看了站点，她不知道往哪个方向去。洒水车扬了一层水在她身上，她再一次滚出母亲的身体，茫然地看看南边，又看看北边。她还是没有决定。父亲捧起小刘珍，吻吻她的脸蛋，嘴巴都凹进去了。经常有妇女找母亲打毛线，有个卖锡箔的女人特爱讲话，老是逗弄小刘珍，说她瓜子脸像妈妈，头发像爸爸，脚丫像妈妈，走路像爸爸，小刘珍撕开作业本给她叠，她一会儿叠个元宝，一会儿叠个猛兽，逗得小刘珍哈哈笑。门口的小孩带她去玩掼炮，她朝人家家里摔一个就跑，没跑两三家就被母亲捉回来了，又捧着母亲做的糖渍藕一一上门道歉，刚出一家，就有另一个小孩朝她家摔掼炮，那个卖锡箔的女人就骂起来了，骂到小孩他妈，又骂到小孩他姥姥，一串炮仗砰砰响。小刘珍就和这个女人学骂脏话，有些字眼听不懂，骂出来，像在一截截地削甘蔗，顺着头往下削，越来越顺畅。母亲带她去澡堂洗澡，一个裸身的女人抢她的水龙头，她站那儿噼里啪啦骂起来，水蒸气往上腾，混着小刘珍的骂声，母亲往前一兜，兜住了她，蒙蒙的水蒸气让她看不清母亲的表情。母亲捧着衣篮在前面走，小刘珍跟着，母亲一边走一边说，她还是随她父亲。顺着石板路，小刘珍的塑料拖鞋一趿一斜，水珠甩起来，巷子渐渐变短，她来到了街角，蓝色的公交车驶来，澡堂里的热水池池面矮下去。

她不能再等下去了。公交车剥开自己，吐出了几个人，刘珍看到公交车站牌的影子划过他们的眉毛。她继续往前走。父亲从学校回来，怀里揣着一个布兜，里面是食堂里剩的红烧肉。母亲塞了些笋干，站那儿，嘴里咕噜几句，父亲垂着头说，评优奖金还没拿到，母亲一一问他的牌搭子，父亲被问得汗渍渍的，拿起灶台上的抹布，脸被擦黑了。小刘珍扒着碗里的饭，父亲细细地挑着碗里的笋干，母亲在外婆的遗照前添了一碗白盈盈的米饭。外公出去修电器了，母亲拿他的扳手砸核桃，噼啪两声，母亲扔了核桃仁在小刘珍的碗里，多吃点，将来考清华北大，再带妈妈去各地都兜一圈。小刘珍戳戳碗里的红烧肉，问父亲他考的什么大学。父亲大口嚼着笋干，嗑了一口青菜豆腐汤，说他那时没她这么好的条件，不然不是清华，就是北大，留在北京工作，就不会有小刘珍了。小刘珍撚起核桃仁给母亲，说她也不要考北大清华，她要小小刘珍。母亲脸上搁着一抹笑，说他们父女一个德行。小刘珍问，德行是什么意思？母亲挂不住笑，说德行就是模样，你长得像你爸。小刘珍摇摇头，说，那个卖锡箔的女人老是讲，缺德行、缺德行，是脸上少了什么吗？小刘珍从工人文化宫出来，母亲拎着一袋水果等她。坐在公园的凳子上，母亲剔干净了橘子里的白丝，两人眯着眼看一群老人打太极、下象棋，一个孩子趁大人不注意，俯身将套圈套在了玩偶身上。小刘珍和母亲要硬币，她要去玩打地鼠，母亲塞了一瓣橘子进她嘴里，说赚钱是供她去美国读书的。小刘珍将另一支秃噜了头的铅笔递给母亲，认真着脸问，为什么要一边放水一边排水？母亲说，人们都这样，一边辛苦赚着钱，一边又辛苦花着钱。厨房传来水声，父亲捧着红枣来了。小刘珍朝向垃圾桶，噗地吐出枣核，枣核在地上跳了跳。租的房子下面有彩色漆画的跳房子格，范明看着，刘珍像枣核一样在地上跳了跳，落地时，她问自己，既然都会落地，为什么还要起跳？

　　　　　　　　　　　　　　　长距离游泳

范明拖着拖车回家，刘珍一一拆开放在门卫那里的快递。范明将瓦楞纸盒从大到小摆好，摆在鞋柜处。范明用小刀刮花快递上的名字，等摆得足够高，他就带下楼卖掉。刘珍跑了好几家银行，办了贷款，总算在浦口偏远处买了套房，扣两人的工资。扣了两个月，范明对着瓦楞纸搭的塔发愣，刘珍问他怎么了，他说，瓦楞纸可以免费给猫住，给鸟住，房价这么高，是房子贵还是人贵呢？刘珍伙着他去吃楼下的杂粮煎饼，范明头埋在土豆丝里吃了好久，吃着吃着，眼里含着泪花，刘珍不说话，拍拍他的背。他俩是在联谊会上认识的，主持人让他们分批次胳膊挽着胳膊跳舞，刘珍的舞伴不是范明，是个白皮肤的瘦男孩，主持人又让他们背对着背夹气球，刘珍怕一用力，把那个白瘦男孩挤个趔趄。刘珍和瘦男孩打乒乓球似的，来回推挡着，气球飘到了地上，啪的一声，被范明踩爆了。他俩的婚礼上也爆了好几个气球。刘珍问过范明，为什么不把和他联谊的女孩送回家，范明摇头说，那女孩自己有奥迪，还把车钥匙掏给他看。刘珍说，人家女孩八成看上你了。范明又摇头，说总不能把自己卖了吧。贷款下放的那天，范明带着刘珍撮了一顿，刘珍高举着羊肉串，看新疆姑娘跳肚皮舞，噼噼啪啪中，范明问刘珍，为什么当时让他送她回家，而不是让其他人？刘珍嘟哝了两句，范明没听清，将羊肉包子塞进嘴里。刘珍躺在床上睡着了，范明小心地将她拨到自己的怀里，睡衣里露出两块白肉，范明将她的被角掖好，她半睁开眼睛，问范明，雅思还要继续考吗？

拐了这个弯儿，是一家兰州拉面。范明常带她去楼下的拉面店，店主是一对老夫妻，拉面都是手擀的，味道清淡，顾客不是很多。刘珍和老板娘聊过，店面就是自家的，她女儿在美国留学，他们俩退休了，没事干，就撺掇出了拉面店。到了年底，范明忙起来了，刘珍一个人过来对付晚饭，拉面店里空荡荡的，面板上响着噗噗的擀面声，老板娘背对着她。刘珍去端面，看见老板娘对着黑屏的手机发呆，等面见底了，她还是一动不动。刘珍看到一个回族小伙子端着两碗面走出厨房，面汤上袅娜着白气。范明以前谈过一个女朋友，刘珍问过，是他们学校舞蹈系的，刘珍又问，怎么谈的？范明说，那女孩去舞蹈房练舞，他陪着。刘珍说，怎么也得请女孩吃吃饭，看看电影吧，范明说，女孩要保持身材，不吃外面的，学校功课多，女孩不愿意熬夜看电影。刘珍说，女孩就让你陪她练舞？范明耸耸肩说，女孩跳啊跳啊，跳到北京去了，又跳啊跳啊，跳到一个导演怀里去了。刘珍笑了，说你分明是当了一回场记啊。范明伏在案边改材料，刘珍凑过去，给他加了热茶，她转身回厨房时，范明说了一句，你说这材料，这边添一句，那边删个字，有什么不同呢？刘珍看向手里的水壶，刚烧好的热水一点点地失却温度。到了周末，刘珍拉着范明坐有轨电车，到了鱼嘴湿地公园，长江大桥上栖着落日，红白色的灯塔上缀着星星点点，范明摊开一张桌布，两人坐在了草地上，刘珍眯着眼睛，问范明，还记得苏轼的《赤壁赋》吗？范明说，中学时背得可熟了。两人不再说话，徐徐晚风吹来。长江长得无边无际，刘珍站起身，看见长江大桥上，一个男人透过车窗看着他们。太阳趴在水面上，铺开金黄的草席。刘珍张开怀抱，桥上穿过了更多的车辆。

母亲在她生日时哭过一次。小刘珍不明白她怎么捧着《圣经》哭了起来，母亲不说话，坐那儿淌眼泪。刘珍听过她讲，耶稣上了十字架，死了又活了，刘珍不明白，一个人怎么一边死着，一边又活着。小刘珍静静地把手里的蛋糕吃完。母亲的泪淌成了一串，没擦一下。快上小学时，小刘珍知道了，在她之前，母亲还有个儿子，小刘珍问那个卖锡箔的女人，她的哥哥叫什么，那女人说，没名字，连姓都是个问题。小刘珍不明白，用手指按下纸青蛙的屁股，青蛙往前面一弹，卖锡箔的女人又说，叫你妈妈过来跳舞，镇上正在为灯会排练扇子舞呢。小刘珍追着弹跳的青蛙，叽里咕噜地说，我妈妈不会跳舞，我从没见过她跳舞。卖锡箔的女人仰头大笑，说你妈以前还是交际舞皇后呢。小刘珍被惹恼了，冲着女人骂了一句脏话，女人愣了一下，笑得更欢了。母亲无声无息地落泪，《圣经》面上晕出薄薄一层。小刘珍切开一块蛋糕，想端给她，又害怕，就挑起奶油自己吃了。晚上，母亲给她下了一碗面，卧了两个荷包蛋，小刘珍一边扒拉着面，一边拿眼瞧着母亲，母亲神色如常，洗锅刷碗，收拾好厨房台面，用抹布抹去滴下来的汤水汁液，小刘珍想起自己小时候扔布娃娃玩，布娃娃夹进了高速旋转的电风扇，棉絮布条往外飘，她把它们拢作一堆，不敢和爸妈说，一个人靠着白墙流眼泪。过了两天，父亲出差回来了，刮干净了剩下的蛋糕奶油，和小刘珍讲他在南京的故事，小刘珍说她以后要考到南京去，逛夫子庙吃梅花糕，父亲说，你不是要考清华北大的吗？考了清华北大，然后再考耶鲁，考了耶鲁，然后再考哈佛。小刘珍拨弄着掌心里的雨花石说，她要到南京生活，那里的糖渍藕比妈妈做的还好吃。父亲哈哈笑，抚摸小刘珍的头，小刘珍晃着头，以为天花板上的电风扇又转动起来，她要像那个布娃娃一样被夹进去了。

刘珍在水果摊前停了一会儿，橘子下市了，摊头摆着橙黄的几排，还有些没上市的草莓搁在上面，标的是时下流行的丹东草莓。摊主在给人家削甘蔗，一只大肚子的橘猫坐在凳子上，尾巴在撩拨弯钩状的水果刀，毛毛屑屑在空中飘扬。范明觉得脸上痒，伸手挠了挠，被褥很久不换了，范明送给刘珍的毛熊蒙了一层灰，掸一掸纷纷扬扬。下班后，刘珍一个人在奥体中心游荡，一簇簇人跑过去，还有赤膊的男人练深蹲。母亲说过，她支持刘珍不去相亲，去找自己喜欢的人。母亲还是把佟大成赶出去了，那天母亲去单位，没带钥匙，回头拿钥匙，佟大成正在给刘珍讲竹林七贤的故事，讲到嵇康赤膊打铁，兴起了，也把身上的衬衣脱了。母亲开门时，佟大成正光着上身，举着个锤子。佟大成买了几张古琴的CD，放在刘珍的课桌上，算是赔礼，刘珍在他的抽屉里放了北京奥运会的吉祥物卡片，说她妈让她考到北京去。橘猫喵喵叫了两声，刘珍蹲下来逗它，它往刘珍的肚子上蹭了蹭。甘蔗皮削完了，摊主抬头问刘珍需要什么，刘珍笑笑，起身走了。紫色的云沉沉地压下来，几处高楼的楼顶闪着飞行警示灯，刘珍仿佛看见飞机穿梭在云层中，人们戴着紧实的口罩，彼此看不清对方是喜是悲。范明把被子翻了个面，用衣拍啪啪打着。刘珍将漂洗过后的内衣高高晾起。

刘珍伸手进兜里，正反颠倒着硬币。她需要硬币来帮她决定，而且是两个，必须两个都是同一面，她才能咬下这口牙。母亲将桌子架在卡车上，又将凳子架在桌子上，凳子上还摊着一个口袋，里面都是海子、北岛、席慕蓉的诗集。卡车突突突地响着，母亲坐在破了点皮的沙发上，抬头望着天，望着望着，母亲笑了起来，小刘珍问她为什么笑，她说她等着女儿给她买雅诗兰黛呢。父亲给了司机一支烟，小刘珍看到驾驶室里扬起了烟雾，父亲的脑袋一浮一浮的，像是在水里扑腾。刘珍去范明单位那里给他送衣服，疫情加重了，他得睡在那里，范明下楼等她，两人戴着帽子和口罩，仅仅交会了一下眼神。范明提着衣服往楼里去了，肩膀缩着，提得很吃力，四处都是消毒水的味道。刘珍记得这味道，通知书还没下来，班里的同学经常聚在一起唱歌、逛街、拍大头贴。佟大成约她去江边玩，同行的还有一些学生，大家起哄，一起租了泳衣，刘珍没好意思穿，看着佟大成在江水里一会儿高、一会儿低，两只健硕的膀子甩来甩去。过了几天，佟大成单独约了刘珍，说教她学游泳，她深吸一口气，整个人陷入水里，游泳池朝她挤了过来，方格的瓷砖像套圈般一圈一圈地扑向她，她再一次感受到了母亲按下的手。佟大成让她歇一歇，初学者都会呛水的。刘珍坐在岸边，佟大成钻到水下面，把她的双腿往下一拖，四面八方的水倒灌，恐惧中，刘珍感到了唇部的温软一贴。母亲叹了口气，在小刘珍的成绩单上签上了名字，英语培训老师说，刘珍小同学颇有潜力，但还需要多加练习。母亲陪着她一起背单词，小刘珍问母亲，她什么时候开始学英语的，母亲静了下，说，她不仅学过英语，还学过俄文呢。小刘珍问她为什么要学俄文，母亲说，她有一个好老师。小刘珍背着背着，歪倒在床上睡着了，蒙眬中睁开眼，母亲也伏在英语课本上，手里还握着一支铅笔。小刘珍坐在教室，老师教她们背《静夜思》，小刘珍举手问老师，在美国，月亮也是圆的吗？

月亮挂在天上，快涨出了脓水。母亲和她讲过面包与鱼的故事，说清水也能变成红酒。小刘珍学了些物化知识，说面包与鱼不可能凭空增多，清水也不能凭空变成酒。母亲和小刘珍坐在卡车上，想象着搬到县城后的生活，他们会住在大房子里，一个房间放衣服，一个房间放布娃娃。驾驶室传来了笑声，父亲边笑边喘，额头还敷着纱布。临走前，他和镇子上的大部分男人打了一架。他一路问过去，谁是卖锡箔的女人的男人，有的男人喝得醉醺醺的，左眼挨了一拳，右眼也挨了一拳。父亲也挨了不少揍，回家把衬衣一脱，青一块紫一块，圆圆的，像奖牌。

从游泳池上岸，换了衣服，刘珍坐在一边看佟大成练拳击，沙袋左一晃，右一晃，佟大成的拳头在泳池里一泡发，更大了。拳击场旁边架着一副骷髅，骷髅身上写满了骨头名称，手里戴着拳击手套，佟大成给出一拳，骷髅就晃荡一下，胳膊摇一摇，拳击手套往前往后，刘珍在那儿笑，佟大成横扫了一腿，骷髅一震，发出咔吱咔吱的声音，两人闹累了，又跑到游泳池那边，脚掌把水拍得噗噗响，佟大成说，他将来要做一个有名有姓的学者，刘珍说，她将来要去时代广场扫街，买了古驰，再买迪奥，梳妆台上摆满了雅诗兰黛。母亲将佟大成赶出了家，坐那儿不说话，刘珍靠着墙看她，她没拿眼瞧刘珍，只说了一句，你还是像我。母亲寻到了钥匙，穿上鞋子，锁上门，去单位了。

刘珍看到了地铁站标志。她还是没能下决心。范明告诉过她，有个年老的妇女在地铁的女厕所上吊自杀了，说是骗保险，给孙女出国。刘珍不确定是不是这一站。到了晚上，镇子上没了人，他们经常来刘珍家打牌，她父亲的对家是个语文老师，会写诗，父亲打折了他的腿，他还是说自己是清白的。卖锡箔的女人上城里躲了一阵。佟大成考去北京后，他俩很少联系了，听说他成绩优异，出国留学了。刘珍想起楼下的那家拉面店，招牌被卸掉了，旁边面包店的老板娘说，老两口把店面卖了，移民走了。刘珍在那儿站了站，玻璃衬出她的影子，颇像母亲年轻时的模样，玻璃里的影子动了起来，在跳舞，更多的影子加入，陪母亲跳着，一声汽笛鸣起，跳舞的影子慌乱起来，四处逃窜着，母亲被推倒，影子们的脚踩踏在她的身上，母亲仰面伸出了手，裙子下面流出了一摊液体。跳舞的影子不见了，刘珍看着玻璃里的自己，肚皮微微隆起，圆得如口袋里的硬币。

范明说，等这阵忙完，他回家给她熬粥喝，他姐姐都说他熬的粥好喝。刘珍下了楼梯，地铁口里冒出一阵冷风，刘珍裹紧了外套。医生恭喜了她，她算了时间，正好是同学会那个时间段，她陪了美国归来的佟大成一些日子，佟大成在美国做金融，说能给她拿到绿卡。离开小镇的那天，母亲在房间里整理书本衣物，父亲倚在门口，看热闹的人一拨拨走过去，有人伸长脖子往里面看，父亲叉起腰，骂一句，缺德行，和那个卖锡箔的女人同一个模样。刘珍又往前迈一步，脚下松松软软的，像是母亲说了好多年的绿茵地。

　　她不知道是先去和范明摊牌，还是和佟大成告别。或者这两件事可以同时进行，就像考了清华北大，还可以再考耶鲁、哈佛一样。地铁站里人进人出，有人紧着脚步，有人攥着箱子，把着电梯扶手。刘珍想起了那个游泳池，她还是不知道为什么一边放水一边排水。脚下轰隆轰隆地上下震动。她一头扎进地铁车厢里，没有一丝水花。

黑暗中的小跑

　　昨晚楼下的野猫呼噜响了一夜，刘珍怎么也睡不着，起身去阳台深呼吸，推开婆婆房门，她坐在桌子前，对着白墙嘀咕着什么。刘珍走过去看她，她没瞧一眼刘珍，说，明天腊八了啊。刘珍说，是的。婆婆说，那我明晚不回来了。刘珍还想和她说什么，野猫喊了起来，一声接着一片，楼下的草丛燃起来了。

　　刘珍拎着一袋八宝饭站在路口，红小豆、桂圆、扁豆、花生、红枣、核桃仁。电闸箱上夕光一现，划破了塑料袋，先是红小豆、桂圆，然后是 …… 刘珍不愿意数下去了，八宝

　　　　　　　　　　　　黑暗中的小跑

饭一粒粒漏着，红绿灯闪着红、闪着黄、闪着绿。刘珍走在斑马线上，脚步一撩一撩，像是掂量着一粒一粒蹦跶的豆子。夕阳猛地朝刘珍身上一轰，手里的袋子一炸一喷，爆米花蹦到了过路的自行车车篮里。

只要数到三，整条街就被八宝饭淹没了。刘珍撑着塑料袋往前一兜，街道上又露出顶盖、车窗、轮胎，人们抹去脸上的红小豆，大大地舒了一口气。刘珍捡起最后一颗核桃仁，它被分成了两半，左右对称。斑马线在她身后淡淡地褪色。刘珍的刘海轻轻扬起，旋了一会儿，贴在了她的眼镜镜片上。她取下眼镜，一条长长的水渍淌到了镜片底。哈，她喊了一口，又觉得声音太大，把车里醋睡的孩童都吵醒了。哈，她继续喊着，刚跳进胸腔里的红小豆又蹦了出来。哈，她又喊，把轰隆隆的车流声都盖住了。哈，哈，哈。刘珍举起了眼镜，残留的夕阳光透过去，射到了建了大半的建筑楼上。过不了多久，那里会升起一把火，火焰能蹿上天空，舔着太阳的红脸蛋。刘珍侧过脸，红色黄色绿色的单车从她眼镜片上一一划过去。

别让那个女人进你们家门。母亲说。刘珍往上空看，行道树挺着，白色塑料袋挂在树上，像脚丫上褪了一半的破袜子。范明一般会堆在那里，一周后，高高地垒成一个土丘。刘珍戴着手套一拢，丢到了盆里，加洗衣液，用刷子将翘起来的袜子捣入水下。有一次婆婆嚷起来了，水盆塞在盥洗池下的空当里，袜子沤了两周，水面上浮起了七彩的油花。婆婆给她买过一顶遮阳帽，上周才从沙发底下拖出来，帽檐上蜷了两卷头发丝，刘珍拍一拍，婆婆打了个喷嚏，蹲下身子，仰头扶着茶几，一溜细细的泪淌下来，悬在衣领上，鼓出一个圆。刘珍躺在沙发上，遮阳帽抛起又抛下，遮住天花板的灯，又盖住茶几上的果盘，打了个转，伏在了刘珍的拖鞋上。小范明提着破了洞的回力球鞋，满裤脚的泥，一脚一脚从滩涂涉过来，小俞红举着矿泉水瓶子摇着，瓶子里的蟛蜞哐当哐当响，小刘珍坐在堤岸上，看太阳把小范明抹了一身，又把小俞红抹了一遍。三个人跑到岸上去吃拖蟛蜞，蟛蜞裹上面糊，往锅里一端一拖，五块钱可以买一大包。小范明朝堤岸外的长江吐蟛蜞腿，小俞红也跟着，长长短短的蟛蜞腿乒乒乓乓往下落，一跳一跳地往前滚，摆了摆停在那里，指向不同的方向。轮船

　　　　　　　　　　　　　　　黑暗中的小跑

呜呜驶过江面，小范明抄起破了洞的回力球鞋，朝轮船砸去，没扔过滩涂，一头扎进了泥里，半截露在外面，破了的那个洞吸饱了阳光。小范明跑去戏水，水珠喷洒到半空，有几颗遮住了轮船，朝张大嘴巴的小刘珍袭来。小刘珍一躲，水珠啪地砸了个泥窝，回头看小范明，水珠盈亮地一闪，他的小腿被照得透明。江面腾起白气，太阳雾蒙蒙的，空中隐约有五彩的折射光，小范明举起胳膊，仰头朝天空望去，啪地跪拜在了江水里。她们将一身泥泞的小范明拖上堤岸，他呼哧着鼻子，噗的一声，吐出一口浑浊的水。三个人在堤岸上讲笑话，一只燕子风筝遥遥地飞上天，小范明给她俩讲起鱼和面包的故事，五个面包和两条鱼干被五千个人吃了，小俞红说他吹牛，小刘珍说，那个鱼干是鲸鱼干，摊在堤岸斜坡上的T恤变得爽净。刘珍拧干净了最后一只袜子，太阳高高晾起，在她脸上抹了一层搽脸油。刘珍伸了个懒腰，窗玻璃上映出了一个十字形。那天他们没赶上末班车，在黑色的堤岸上走着，走着走着，三个人小跑起来，小刘珍跑到了前头，小范明喊她，让她等等他们，小刘珍回头，天上的月亮涨出了乳汁，江面伸出了满是苔痕的舌头。窗台的玫瑰垂下枝头，刘珍回屋去盛水，水啪嗒啪嗒掉在地上，像一双小小的高跟鞋拖着曳着。小刘珍抹了口红，试穿母亲的高跟鞋，崴了脚，和母亲说是撞上电线杆了。母亲去找小范明的母亲，也是刘珍现在的婆婆，她俩经常一起打毛线，聊厂里的事，聊的确良料子好不好，聊着聊着，聊到小俞红的母亲，又穿了一件新毛衣，还说是她自己手织的，母亲一看就知道不是手工的织法。小刘珍一拐一拐地走来，说自己跌了跟头，膝盖破了。两个女人喊起来，母亲去找纱布，婆婆开柜子找碘酒，两个女人愣在那里，柜子里有一瓶红酒。那晚小刘珍睡得很熟，她喝了母亲碗里剩下的辣口的葡萄汁，醒来，母亲和婆婆还趴在桌上。你给我记住这句话。母亲又说。

梦都大街的路灯被刘珍一个个甩到身后。她确信袋子里还剩下一些八宝饭，回到家，放在高压锅里煮一煮，八宝饭会像那些猫一样蓬松。婆婆说她今晚不回来，你们自己看着办。刘珍没问她去哪里，退休后，来探望她的学生越来越少，家里冷清了，她经常跑出去。有时候，她一个人待在书房，刘珍端着牛奶去找她，她正跪着，肩膀一耸一耸。刘珍喝光了那杯牛奶，打电话问范明什么时候下班。范局长分管教育，比范明下班迟，有时还不回家，白天，刘珍在卧室里看书追剧，婆婆在书房里不出声，晚上，刘珍下楼，在小区里散步，野猫蹿过去，瞥了她一眼，她跟着它往前跑。跑着跑着，她跑出了堤岸，跑出了江面伸出的长长的舌头，她长出了猫耳朵，獠牙在黑暗中反光。刘珍和母亲打视频电话，母亲说送点自己灌的香肠来，刘珍摇头，说婆婆打算素食了，母亲叹口气，说，命吧。小范明让她俩张开手掌，瞧手掌上的纹路。

小范明说，小刘珍以后生两个孩子，小俞红以后生三个孩子，小刘珍不服气，小范明说，你生的都是儿子，小俞红又不服气，追着问他自己生几个儿子，小范明忙着跑了，边跑边喊，三朵金花，小俞红逮住了他，拧他耳朵，他直喊疼，说，俞红姐姐，我是你儿子。小俞红拿回了奖状，三好学生，和小刘珍的一样。范明家的门被敲得砰砰响，他揉搓着眼角开门，小刘珍问他，将来她会和谁生两个孩子，是费翔，还是许文强。小范明打了个哈欠说，不是许文强，是许仙。放学回来，小刘珍说，她还不能确定自己是不是白娘子。小俞红说，她家里有酒。三个人溜到俞红家，找到两个高脚杯，还有一瓶红酒，小刘珍喝了一口，不就是那个辣口的葡萄汁嘛。眼前晃悠悠的，高脚杯变成了三个，小刘珍说，俞红，你这个蛤蟆精，你这个法海，你别想淹死我。小俞红说，现原形了现原形了。小刘珍感到肚子胀胀的，往下坠，真有尾巴要钻出来了，她拉小范明的衣袖，拉不住，又去抓小俞红的手，抓不住，她想起自己快变成蛇了，怎么会有手呢？小刘珍往地上一趴，身体盘成一堆，小范明要扶她起来，她哇的一下哭了，她语文数学考了双百，为什么有五个三好学生？这个问题到立体几何才有的解决，俞红不能明白，好好的一个锥子，为什么会有那么多平面？她去找范明，范明出去打篮球了，刘珍坐那儿解方程，写了一个公式给俞红。刘珍回厨房采了几颗米粒，将墙上的三好学生奖状的边缘粘好，范明抱着个篮球闯进刘珍家，说这次篮球赛，他们队能赢个大满贯。刘珍去厨房倒水，回来时，俞红正拿着矿泉水递给范明，裙子换了身新的，高跟鞋里挤出了红指甲油的脚趾。八宝饭还在漏着，刘珍踩到了红小豆，摊在地面上，大大

　　　　　　　　　　　　黑暗中的小跑

小小的像红指甲，噼啪噼啪响，流出血红的肉。

刘珍蒸了糯米排骨，筷子还没戳到底，还没全熟，她往锅里添了水，白雾喷涌上来，刘珍的眼镜片蒙了两块，糯米排骨成了雪花点。范明正在看NBA直播，沙发往下凹了一条椭圆的窝。俞红过来找范明，问他椭圆的焦点问题，范明正在抽查刘珍的英语单词。范明讲着讲着，俞红问他，为什么椭圆有两个焦点？刘珍说，丝袜还有两个孔呢。俞红瞧了一眼刘珍，画出了一个对称中心，范明握着水笔来回演算着，右手下拖出了长长的蓝色一抹。椭圆的焦点算出来后，三个人去老俞的小卖部喝果汁，老俞不在，看店的是个眼皮耷拉的中年女人，范明放了一张小钞，女人眼皮一抬，他又放了几枚硬币，女人眼皮又抬。范明问女人，伯父干什么去了？女人将硬币小钞一拢，哗啦一声，捋到抽屉里，说，他昨晚打了一宿麻将，今天去赢回来。三个人靠着矮墙喝果汁，范明的背把"拆"字盖住了大半，矮墙上的丝瓜藤绕在生锈的电网里面，电网丝上缠着一小块褪色的牛仔布。范明说，潘玮柏要来这儿开演唱会了，他家里有几张票，她们要是乐意就一起去。俞红将手里的果汁喝得吱嘎响。刘珍说，马上要模拟考试了，她爸妈恐怕不准。三个人抬头望天，白云抱着太阳，一座楼一层层地往上加高。我会去留学的，俞红突然说，去巴黎，去纽约，都可以。刘珍一把将筷子插进了排骨里，这回熟透了。母亲跟她讲过的。刘珍和范明商量，蜜月要不去巴黎？后来，他俩又商量，要不去敦煌？最后，两人用十几天的婚假去上海逛了一圈，刘珍坐在轮渡上看入海口，黄色翻滚的好几排。几个年轻人站在甲板上吃冰激凌，冰激凌化了，滴在黄浦江里，一眨眼没了，对岸好像有人在大声喊着什么。上了岸，刘珍去买了两个冰激凌，冰激凌越来越小，她想起来，一个圆锥，是有很多个平面的。刘珍握着冰激凌筒哼起歌，声音越来越大，上海滩的野猫们都跟着喊起来。两人坐在岸边，看对岸的东方明珠，明亮灯光的暗影处，有很多人在奔跑。范明累了，靠在椅子上打盹，刘珍一个人坐在那儿，天色渐暗，江面上的很多影子都被抹去。范明一个瞌睡醒过来，松一松脸，看了看刘珍的眼睛，又低下头。婆婆说，他们有房子，刘珍父母家也有房，你们自己看着办吧。刘珍将两人卡里的公积金加了加，又算了算银行利息，咬咬牙说，我们还是去上海度蜜月吧。两个人去迪士尼玩了一晚，烟火照亮了一片天，范明坐在地上，脸颊一会儿红一会儿绿，人流高过了他的头颅。躺在宾馆床上，刘珍说，她想吃她妈烧的糯米排骨了。

小刘珍滚了一身泥，回来找母亲，母亲正和婆婆在打毛线，毛线打了一只袖子，母亲拽起小刘珍的T恤，扔进脏衣篓，婆婆喊小刘珍去她家喝维维豆奶，小刘珍噘着嘴说，人家俞红都喝高乐高了，母亲白了她一眼，你有没有出息了。小刘珍洗了个澡，扑了爽身粉，跑去找小俞红，小俞红在电线杆那里跳绳，影子一蹦一蹦，数不清的豆子往上腾跃。小刘珍喊起了节奏，周扒皮，皮扒周，周扒皮的老婆在欧洲，欧洲欧洲没解放，周扒皮的老婆卖冰棒，冰棒冰棒化成了水，周扒皮的老婆变成了鬼。她身后响起了清脆的高跟鞋踩地的声音，回头一看，看见了穿着蕾丝花纹丝袜的一双腿。俞红，糯米排骨烧好了，回家吃饭。小俞红脚一勾一放，弹力绳晃了晃，晃得小刘珍眼睛花了。黄浦江涌动着黑色褐色黄色的水线，刘珍扶着甲板上的栏杆，东方明珠一沉一浮，餐桌上，一支叉子叉住了失去血色的眼珠，将它高高架起。

　　化纤厂没能熬过那个冬天。范局长早早下了岗，开始考编制，刘珍父亲托亲戚找了个企业的工作，老俞迟迟不拿那笔买断费，跑过去找厂长算账。老俞是厂里的技术骨干，化纤厂好的时候，他一年去过两趟北京。小范明喜欢收藏小浣熊干脆面的水浒卡，小俞红送了他一整套，送给小刘珍一大碗干脆面。小刘珍往地上砸了两片，碎屑往四周飞，飞到小刘珍的脚指头缝里，她跺了跺脚，往干脆面上噗嗤噗嗤胡乱踩。剩下的干脆面还是被小刘珍吃了，她边吃干脆面边喝维维豆奶，还在豆奶里加了包了金纸的硬币巧克力，味道和高乐高类似。老俞一身湿漉漉地回来了，那晚俞红家很安静。母亲和婆婆打毛线，笑得眼角皱起，婆婆牙缝里塞着个萝卜丝。刘珍坐在痰盂上，听婆婆讲老俞怎么被厂长推进游泳池，这个旱鸭子又怎么爬上来，母亲也在那儿笑，俞红她妈昨晚要洗两个裤衩咯。刘珍手里的豆子还在往下漏着，黄山路上拖出了长长的尿迹。她走的这一侧有一家盲人按摩店，工作累了，她进去按摩过，都是些视力不太好的人，却在楼梯走廊穿梭自如。刘珍听

　　　　　　　　　　　　　　　黑暗中的小跑

着背部的骨头咔吱咔吱的声音，问给她按摩的女技师，他们怎么走路，怎么吃饭，女技师说，他们多少能看见一点，吃饭按摩，和正常人一样，在黑暗中走路而已。一双手从女孩的颈部游走，到达了胸部，然后是腰部、臀部，穿着长筒袜的双腿。小刘珍不知道那个背影是谁，也不敢伸头去看，躲在电线杆后面，直到女技师发声，你的肌肉太紧了，不放松。刘珍卧在床上，揪紧的神经缓缓地松了下来。

他们约好了去游乐场，范明和她说，就是那几个吃冰激凌的年轻人，看起来挺熟的，我打赌，他们几个估计才认识。在女技师的手下，刘珍的背部肌肉像冰激凌般融化，她的手游走在经络间，猫卷着毛线。她跟着那些野猫跑着，猫回头看了她一眼，叫了一声，她看见了它们的利爪擦亮了黑夜里的灌木丛。是的，女技师说，我们也能健步如飞。刘珍瞌睡来了，在云朵上飞着，一栋高楼硌疼了她的肩胛骨，她听得见女技师还在说话，那几个吃冰激凌的年轻人搭讪起来。刘珍回头看范明，范明站在甲板上，肩膀驮着几座楼，一颠一跛，她散落的长发往那些楼楼顶够着。她再次听到了水里面的呼救声。婆婆和刘珍说了，生个孙子吧，别生孙女。范明说，都什么年代了，还重男轻女，婆婆给了刘珍一眼，眼皮耷拉下来，扒了扒碗里的白米饭，回屋去了。刘珍对范明说，妈不会生气了吧？范局长拨动筷子，夹了块红烧肉，你们别理她，她就这样。刘珍睡不着，抱着范明，范明蒙蒙眬眬地说起梦话来：什么我都知道的。刘珍凑过去，嘴唇贴着他的耳朵说，我也知道。刘珍不知道范明听不听得到，睁着眼端详着房顶的吊灯，盈盈亮着，窗外的月亮圆得像个穿黑纱的乳房。

别给那个女人开门。母亲说。

袋子快垂到了地上，猫毛擦着地面。小范明扔出一个弹珠，弹珠是闪粉色的，小俞红扔了一个绿色的，碰，她笑着将闪粉色的弹珠揣进了衣兜里。小范明追着小俞红，想把那个弹珠赢回来，三个人追着赶着，到了石码头。码头上没有人烟，空空的船舶停在岸边，一碰一磕，码头东边的寺庙发出木鱼声，念经声回旋在半空。小俞红搭着小范明的手，小刘珍搭着小俞红的手，三个人跑上了空船，晃荡着身体，船跟着摇了起来，朝着石岸一撞一撞，寺庙里的木鱼声更响了，远远地飘起灰色的烟雾。小俞红说，要不我们把绳子解开吧，到对岸去。小刘珍说，对岸有什么啊。小范明说，对岸有美国，美国有纽约，纽约那里遍地都是汉堡包。小俞红说，那有什么稀奇，我妈经常带我去吃麦当劳。小范明咽了咽口水，问麦当劳里的汉堡包都有什么味道。小俞红咬着手指想了很久，说，和肯德基的都差不多。小范明噘噘嘴，船摇得更欢了。三人摇累了，躺在船上，太阳光着身子在天上跑，小范明讲起他爸爸的事，买了辆凤凰，刚上班三天就被人偷了，小刘珍也讲，家里熊猫电视信号不好，她妈妈拍了拍，好了。小俞红不说话，过了一会儿说，她妈妈有好多漂亮裙子，等她再长大点，就可以穿了。小范明摇起了身子，小俞红头上的蝴蝶发卡一晃一闪，小刘珍说，范明你的弹珠呢，小范明直起身子，说，再来一局。三个人离开了空船，好几个弹珠都跳进水里了，捞也捞不着。念经声持续响着，小刘珍回头，船舶在水面上还没停稳，船舷磕着岸边，砰砰砰的，小刘珍回头又看了一眼，船舶周围的涟漪静了下来，它浮在水面上，透过它的肚子，可以看到对岸，而肚子里空空如也。

刘珍打电话给母亲，问她口罩够不够，范明单位发了挺多。母亲叹口气说，你好好的就行。沉默一会儿，母亲又问，你婆婆怎么样了？刘珍说，她还是那样，不怎么愿意和别人说话。母亲又问，她还没把那些旧的毛线衣扔掉吗？刘珍对着手机摇摇头，有几件她还穿着呢。母亲说，等不忙了，我们来看你们。刘珍说，上次有个学生来看婆婆，两人在书房里，学生哭，婆婆也哭，学生走后，婆婆把书房里挂着的全家福撕裂了。母亲说，她现在过得好就行。刘珍拿着手机嗯啊了几声，声音沿着手机的听筒，一颗一颗豆子般漏下去。

女技师问，你还好吧？刘珍昂起头，抹一抹脸，都这个时候了啊？你这腰部不行哎，女技师说，脊椎也要爱护下。刘珍突然问，你结婚了吗？女技师说，结了结了，对象也是做这行的，儿子也有了，站在阳台上能看见紫峰大厦。刘珍哦了一声，埋下头。你要经常来放松放松，女技师说，现代人脊椎都不行。刘珍说，我去过紫峰大厦。是吗，怎么样？女技师问。

——高得让人有一种想跳下去的感觉。刘珍说。

刘珍开了门，范局长起身看了看，看到是她，又回房间了。刘珍给袋子倒了个个儿，提手朝下，整个街道的豆子飞了起来，扬到空中，汇聚到了沙漏之中。猫又叫了，似乎在喊她下去跑步。婆婆今晚不回来，家里人很少知道她会去哪里。有次刘珍在万达逛超市，回头在公交车上遇到了婆婆，她没开口，婆婆却对她说了起来，纪念馆里全是头骨，大大小小的。刘珍想和她继续聊下去，婆婆侧过脸看车窗外了。

小刘珍在范明家做作业，找不到橡皮了，小范明让她去房间拿，小刘珍在抽屉里找到一条蕾丝边的黑丝袜。两个人一边扯着黑丝袜的一头，怎么扯也扯不坏，小刘珍说，是浪莎牌的，小范明若有所思。两人用剪刀把它剪开，铺在窗户上，阳光透过丝袜的空隙照进来，地面上朦胧的一片。我听我妈说，教堂就是这样。小范明说。两人跪了下来，仰面看着丝袜蒙住的太阳。范局长的咳嗽声响起，刘珍坐在沙发上，看着摊开的袋子，里面红黄绿裹在了一起。范明发来了微信，说他已经在路上了，过会儿就到家。刘珍不能确定，自己是否会和范明生两个孩子，即使生两个，也不能确定是不是两个儿子。俞红母亲和那个老板去广东的夏天，刘珍躺在藤椅上纳凉，范明坐在门口的凳子上，听英语听力默写单词，蝉鸣叫了一天。一个人跑来，一边跑一边喊，有人落水啦。石码头上围了一群人，刘珍站在岸上，看着范明的头没入了水中。人们发出一阵哄闹声。水面很平静，咕咚两声，冒出了水泡，两个脑袋钻了出来，范明大口大口地喘气，胳膊搂着女孩，女孩的长头发贴在脸上，一动不动。范明把女孩拖了上来，岸上的人们纷纷搭手，他一步一步迈上台阶，身上水珠滴落，豆子一蹦一跳。人们还没拨开女孩脸上的湿头发，刘珍认出了，她穿着俞红母亲的红裙子。范明给女孩压着腹腔，女孩噗的一声吐出了水。人们围着他俩，刘珍却一步步走下了台阶，她的脚触摸到了水的冰凉。白娘子救了许仙，那法海在哪里？水没过了她的脚踝，她看见了水里自己的脚指甲。一二三唱，三二一停。她想起了小时候的钢琴课，白键黑键，俞红都弹得比她好。后来老俞把钢琴卖了，赔给了人家。

门又开了，范局长探头看了看，又缩回去了。范明手里拎着单位食堂做的甜点。刘珍用两个蛋挞填了填肚子，

　　　　　　　　　　　　　　　　　黑暗中的小跑

两人互相说了会儿话。今晚俞红来？范明问。刘珍不说话，点点头，过了一会儿说，她和她爸来送份子钱，我们结婚了嘛。范明朝她笑，问她蛋挞好吃不。刘珍说，你给我买的甜点，都甜。范明讲起了他们仨小时候的事，他尿床，刘珍逃课，俞红数学不及格什么的，讲着讲着，他叹口气，谁能想到呢。刘珍笑了笑，说，小时候她老是琢磨范明说的那个故事，五个面包和两条鱼干被五千个人吃了，她怎么也想不明白，直到高中学了立体几何，她才知道这道题怎么做。范明好奇，问她怎么做，刘珍说，一个圆锥有无数个平面，横着切，竖着切，斜着切，现在只要将面包和鱼干切成五千个平面，那每个人都吃得到。范明想说话，又皱起眉头想了一会儿，说，你这是提高维度的解题法啊。刘珍一笑，说，说不定有什么就在高维度，一直看着我们呢。范明咬了一口蛋黄酥，蛋黄屑往下掉落，在地面上弹了弹，软在了那里。俞红和老俞一起来吗？范明问。俞红到现在还没工作呢，我想她一定来。刘珍说。范明又咬了一口蛋黄酥。刘珍看见他曾经平坦的小腹微微凸了起来。

　　老俞将红包塞到了刘珍的衣服口袋里，刘珍掏出来，老俞又按住了她的胳膊。范局长说，刘珍，你就收下吧。俞红是我发小，这不能收。刘珍说。老俞两颊堆着笑说，范局长帮了他家这么多忙，这是应该的。几个人推三搡四，坐到了桌子前。范局长和老俞唠了会儿家常，从年轻时聊到现在。现在不同往日咯，老俞说，有份收入，谁还会去打架。范局长也嘿嘿笑着。

老师将小俞红叫出教室，小俞红收拾了书包，往家里跑。放学后，小范明和小刘珍去看她，她正在给老俞的额头包纱布，老俞一边喊疼，一边嚷，这么能干，能不是我的种吗？小俞红看见他俩来了，背过身给老俞擦拭血迹，两人怎么喊她她都不说话。那场篮球赛，俞红和刘珍都去了。天空很蓝，日头很足，俞红戴了一顶遮阳帽，穿了一身紧身裙。两人挨着坐下，刘珍闻得到俞红身上的香水味。范明身着24号球衣上场，打了小半轮，一直被对家的23号球衣男孩压制，范明张开五指，头抬起，用手掌外侧接触球面，一拐一带，转眼到了篮球筐下，一投篮，啪地被23号球衣的男孩打下去了。23号球衣男孩拍着球，靠着手腕运球，在球场上走出了蛇形步，范明跑去拦他，他哗地一起跳，投入了一个三分球。队友将球传给范明，范明低抬着胳膊，脚步轻跃，上臂牢牢地锁着篮球的轨迹，眼看快到篮球筐了，侧边闪过一个人，抢走了范明的球。裁判判违规，让范明定点投篮。球一划一跳，磕在框上，在地上滚了好几个半弧。俞红急了，抓起手里的花球跳起舞来，嘴里喊着范明加油。范明看了一眼她们，刘珍看见他的胳膊上都渗出了汗。

科比坠机时，刘珍谈起那场篮球赛，谈着谈着，范明用被子蒙起耳朵，不一会儿，有了呼噜声。

吃喜宴的女人

照片一张张悬挂在衣绳上，透过阳光，刘珍看见两张照片重叠了起来，范明的眉毛高过了刘珍的眉毛，风一吹一动，他们的眉毛一阶一阶地朝上走着。这张是第一次见面，这张是第一次逛街，这张是第一次去游乐场，刘珍数着数着，定在那里，她记不清第几张了。她从头数起，看见范明给她写的保证书。她用手捏了捏，保证书上留下一圈指纹，像是个画押。刘珍磨了磨手指，指纹仿佛已经没了。

母亲带小刘珍去算过命，她记住了生命线、智慧线、太阳线。婚礼那天，刘珍被范明背下来，两人肩并着肩，由着婚车驾往前方。婚车绕过了宁海路、中央门、凤凰街、幕府山，阳光、车辆、高耸的树木，一幕幕在刘珍的面颊上划过。这里是钟山景区，等会儿去石头城那边，南京嘛，龙盘虎踞。阳光打在范明的嘴唇上，像某种斑纹。刘珍垂下脑袋，头上的钗磕到了车窗，她的脑袋往范明那边侧了侧。穿过了老城墙的门，婚车在街道上排出长长一串。旧的掌纹长出了青苔，这座城市又添了新的掌纹。刘珍看向自己的红指甲，阳光在上面飞着。那是个好日子。刘珍伸脖子，去够后视镜，想看看自己的笑容，她看见了装饰在车头的鲜花，一片花瓣挣脱了花蕊，朝他们砸过来。

母亲带她一步步地下山，矮过她膝盖的树木一截截往上冒，小刘珍仰面望着天，问母亲，天空之上是什么？母亲说，天外天，那里有许多佛菩萨。小刘珍又问，他们能活到多久呢？母亲说，很久很久。小刘珍说，什么都会消失，为什么还要出现呢？母亲敲她脑袋，说，上学考试，考个好大学，找个好工作，嫁个好人家，生个好娃娃。小刘珍转头问，我的娃娃也得这样吗？母亲不说话了，她们到了半山腰，山壁上一尊长长的卧佛。她俩点了香，伏下身子拜了很久，小刘珍从胳膊弯里钻出一只眼，妈妈，我的同学，我的老师，我在书本上看到的那些人，都是会消失的吗？母亲直起身，双手合十，说，可是他们都存在过呀。小刘珍牵着母亲的手一步步下台阶，台阶上长出了三叶草、羊齿苋。小刘珍跳着脚越过它们，三叶草摇了摇，山上传来了佛经声。天空蒙着一层灰雾，松针滴落着雨珠，台阶上啪嗒啪嗒踩出响声。两人跑到了山脚下的香烛摊，香烛透着盈盈的红，一把小铃铛摇得叮当响。小刘珍指着天空，太阳一点点跃过乌云，有一根手指推它到了顶端。小刘珍跳过了一个一个水塘，水塘里的小刘珍消失又出现。她回头，看见了母亲，母亲有了皱纹，还穿着年轻时的布裙子。范明问刘珍，在看什么呢？刘珍摇摇头，看向车窗外、楼房上，晾晒着各色的被子。

阳台上的床单干了，毛茸茸的小熊皱在一起，剩下一只眼睛。小刘珍坐在床边，看路上的车一并一并，人与人重叠又分开。报亭旁架着棋盘，一个老头搬着凳子小跑过来，涉水的卒满腿湿漉漉。床头柜下面藏着漫画书，小刘珍会将它夹在课本里，坐在床上读。台灯斜着照来，小刘珍垂着头睡了，梦里，她见到了阿衰和大脸妹，她成为他们的一员，只有几帧几帧的画面，手里的馒头没有馅儿，与他们扁平的身体贴合在一起。醒来，她咬了一口自己的胳膊，推开父母房间的门，母亲在那里批改作业，父亲出差还没回来。同桌小佟说，梦里的时空和现在不一样，一会儿在北京吃烤鸭，一会儿在上海吃生煎包，说着，他从抽屉里掏出一卷铅笔画，从头翻到尾，画上的人动了起来。小刘珍说，这是梦，漫画怎么会动呢？小佟紧了紧脖子上的红领巾，说，将来他可要去美国的梦工厂，梦出发的地方。风一扬，衣绳上的照片齐齐朝右边翻了半面。向右看齐 —— 小刘珍看见戴着一条杠的小佟，太阳把他整个人钩了个金边，贴在了操场的两条单杠之间。小刘珍问小佟，去北京吃过烤鸭没？小佟说他天天都想去看天安门。母亲给小刘珍蒸好烤鸭，包在便当盒里，到了教室，她把便当盒推给小佟，小佟面色亮了下，又反推给她，问她吃过麦当劳没，鸡腿堡比这个香多了。父亲带她去人民路上的肯德基，点了汉堡，看着她吃，她说这不是麦当劳，父亲说，都一样，麦当劳和肯德基一样，北京的汉堡也和外国的一样。领导的女儿结婚，父亲带她去吃喜宴，小刘珍在大厅里跑着找汇源果汁，怎么也跑不到头，被领导一把捞住，一巴掌握着她的胳膊。父亲说刘珍顽皮，领导说，跑得快脾气倔，将来有出息，俯身问小刘珍，将来想去哪里？她一板一眼说，有麦当劳的地方。一群人举着酒杯在那儿哈哈笑，有戴眼镜的，有秃头的，有大肚子还扣西装扣的，父亲笑出了眼泪，头往下一按一按，矮过领导的头。小刘珍和小佟一并坐在楼梯台阶上，一把一把往嘴里塞干脆面，太阳悬在篮球筐上，操场的草坪泛着光，沙坑上匀着大小的洞，单杠上挂着一个白色塑料袋。我和你说，奥特曼被美国人抓去做实验了，小佟仰起头，干脆面碎哗啦呼啦掉进他的嘴里，他将袋子揉得嘎吱响，一把朝垃圾桶里扔去。揉成团的袋子在地上一跳一跳，堵在了下水道口。绝对在那里，要是没有哥斯拉，太平洋早就光了。小佟托住下巴，太阳在他鼓起的面颊上涂上了好看的黄。小刘珍双手也托住了腮帮，沙坑上突然多出了一个很大的洞。有人往里面狠狠一掉。小刘珍站起身，也往楼梯下掉，一个台阶一个台阶掉，一个洞一个洞掉。

　　范明带她去坐缆车，缆车在初始位置荡了一个圈，一节节地往上抬，脚下的草坪、建筑、站点，小火车一点点缩小，山上的树朝他俩张开了松刺。范明指着半空说，那是紫金山，刘珍铆劲往前瞧，只看到一座座居民楼高高低低往上冒，又被云层压了下去。缆车悠悠地高过了山头，范明摘下口罩，朝窗外喊，来抓我呀你们。刘珍问范明，谁会来抓你？范明摆着头想想，说，小时候玩老鹰捉小鸡，老是怕那个大块头抓到他，怕着怕着，长大了，还记得那个怕。刘珍和范明往右看着远处的一个烟囱，腾腾地冒白烟。我还真准备过一只袜子，刘珍说，中学时搬家，整理东西，找到了那只袜子，我居然没丢，搬进那个屋子后，我将它缝了缝，又挂了起来。刘珍正过头，见到范明瞧着她，她又将脸偏了偏。缆车顶端发出了吱嘎声，两人朝顶上看了看。

　　我总是等啊等。刘珍说。范明拍起了照，两人找不到话题继续说下去。刘珍靠着一边，手托着腮。两只老虎，两只老虎，跑得快，一只没有尾巴，一只没有眼睛，真奇怪。范明唱起来，拍着手看向刘珍，刘珍也拍了拍手，张口想唱，嗓子有些哑了。刘珍看见了他俩第一次见面的照片，在德基吃了个饭，范明送她去坐地铁，两人借着地铁玻璃门的反光，完成了第一张合影。地铁往前行驶，刘珍知道它在下坠，坠下山顶，坠下山腰，坠下山脚，坠到地底下去，还要坠。两人去了地宫，长长的手扶电梯，刘珍不敢回头望。没事的，没人会跌下手扶电梯的。范明说。刘珍不说话，昂着头，冷风刮着她的面颊，脚下的苏州园、常州园、无锡园、徐州园越来越小，她从未一一到访过那些地方，它们都变成了她脚指甲盖大小的东西。母亲给她剪指甲，几个透明的半弧叠在一起，母亲说，刘珍你要好好读书，你爸语文教得好，直接被调去写文件了。小刘珍说，我不想去写文件，我想去美国拍动画片。母亲叹口气说，那你要好好学英语，将来实现理想。小刘珍开心地笑，转头一想，问，美元上印着什么，是他们的代表性建筑吗？母亲将作业本卷了卷，压平了褶皱，一一展好折角。她总是这样，风刮过来，她展好帽子的边，风拐了个弯，她又笑眯眯地掖好围巾，手里的塑料袋一凹一凸，长长的京葱露了出来。小刘珍没想过，母亲有一天，会因为丢失了二十元坐在地上痛哭。一只没有尾巴，一只没有眼睛，真奇怪。范明肩膀上的山头矮了下去。刘珍看着他，直到阳光反射在他的镜片上，抹去了他的眼睛。她长舒一口气，捞出压在坐垫下的尾巴，拴在了缆车上。她要一直高高地悬在这里，人们在她的脚下睡觉、吃饭、相爱，剥去自己一层层外衣。山影在范明的镜片上一擦，刘珍看到了他瞳孔里的自己，那个自己的瞳孔里也有他。刘珍不知自己是一圈圈缩小了，还是一圈圈放大了，是一圈圈靠自己近了，还是一圈圈离自己远了。范明起身，坐在刘珍身边，搂住她的肩膀。面前的建筑积木般散落一地，有人在一块长条形积木里直起了身子。

　　小刘珍伏在课桌上，抱着摊在桌上的漫画书。同学们正在午睡，小刘珍用透明练字帖盖在漫画上，一笔一擦地描着。墙上的通告栏上贴着报纸，神舟五号发射成功了，报纸下面贴满了便利贴，有的是长大后当科学家，有的是当作家，有的是当画家，还有一个，说是要征服大西洋，在自由女神像上插上他的旗帜。风涌进教室，报纸的边沿一翘一翘，嘎吱嘎吱响，前排的两个学生在说话，一个数码宝贝磁贴跳出他俩的脑袋，后面的学生一把捂住。教室里又飞起了粉笔头，隐隐的哧哧笑，几个学生传起了纸条，还有纸条被一片片撕裂的声音。小佟掏出抽屉里喝了一半的豆奶，埋头在本子上写着什么。小刘珍问他在干什么，他说得先编个故事，然后才有动画电影。小刘珍低声问他，看过《蜘蛛侠》没？小佟抿嘴，摇摇头。粉笔头砸到了小佟的胳膊，在本子上弹了弹，拖出了一横。小佟将剩下的豆奶吸得咕咕响。粉笔被扔上了天花板，被吊扇一劈两半。刘珍与范明走下了缆车，两颗抱在一起的石榴籽挨个落了地。

认识半个月后，范明请刘珍看电影《海上钢琴师》，1900走下了悬梯，四周望了望，扔了帽子，又回去了。帽子和鸟飞了起来，粉笔再一次摔在地上。范明将刘珍搂在怀里，她闻到了一丝烟味，环环地绕在她的发丝上。母亲带小刘珍去铰头发，头发扑簌簌往下落，小刘珍眼角吊着泪，鼻子红得有些透明。咱们理个漂亮的发型，母亲说，不管怎么样，咱们要有个漂亮的发型。有段时间，刘珍在

吃喜宴的女人

范明家住了半年，头发长了，她对着镜子，一绺一绺地削，婆婆在客厅里数落公公，什么也不做，光知道在家里吃。刘珍想起来，那天她剪了个西瓜头，母亲领着她在门口转了一圈，门口的人夸小刘珍，新发型真好看。头发丝一寸寸地往下落，掉在盥洗池里。婆婆的声音高了起来，刘珍没法确定，自己的新发型有没有那么一点好看的意思。钢琴在船面上来回滑动，刘珍看见白键翘了出来，袜子露了一个洞。刘珍将洞移到脚指头缝里，走了两步，脚指头冒了出来，一下一下钝击着鞋尖。母亲坐在床边，给她缝裤子，缝了个史努比，还缝了个流氓兔，兔子的垂耳朵缝好了，母亲咬住线头，啪噔。那个女人，母亲哼唧了一声，又一口咬下去。你英语考了多少？母亲问。九十八分。小刘珍回答。你以后要考雅思托福的，母亲说，快去听英语磁带。小刘珍拨弄着收音机，母亲抬头，你同桌英语考多少？他考了八十九分。那好，母亲说，他三门课总分还是没你高。小刘珍点头。母亲扬起手里的牛仔裤，日光灯咣地一洒，流氓兔的眯缝眼里闪了闪瞳仁。等你爸这次出差回来，我让他带咱们去国润商厦，给你买点夏天的裙子。

我要穿三楼的。小刘珍说。母亲一愣，笑笑说，我家刘珍要当少女了，不穿童装了。小刘珍趴在书桌上，一轮一轮地摇着卷笔器，木笔花一卷一卷泄下来，这一帧是大闹天宫，这一帧是桃园三结义，这一帧是木石前盟，小刘珍将木笔花拢了拢，纸巾一包，埋在了纸篓里。范明的头在窗前一耸一耸，观光小火车缓缓驶过站台。天上的缆车小了又大了，刘珍在车窗上按了个手印，人们在她的掌纹里来回打转。绳子上的照片上上下下地昂首弯腰。

　　刘珍低头看了看时间，手机屏幕显示还可以再过十分钟出发。手机上的时间和那只表的时间不同，但一天中会有两次重合。一次重合时，刘珍刚吃完午饭，又一次重合，刘珍已经睡去。刘珍和范明，一天中也有两次重合，早晨上班，晚上回家。街上遇到的每一个人，刘珍都会和他们的人生重合一次以上。母亲合上已经空了的保险箱，问小刘珍，晚上想吃什么？小刘珍头埋在饭碗里，扒了一碗米饭，一盘西红柿炒蛋。她吃得很噎，母亲那样看着她，她只能不停地往嘴里塞东西。范明躺在草坪上，刘珍拿着捧花坐在他身边，摄影师让她回头笑一笑，刘珍一回头，猛

　　　　　　　　　　　　　　吃喜宴的女人

烈的阳光反射在玻璃上，大片的金光朝她扑过来。那一瞬间她的笑僵持在了脸上。母亲说，你模样不错，南师大毕业，可要看好了对象，不能有看错的可能。阳光顺着玻璃墙往下滑，滑到了河水里。我们再来一张。摄影师说。太阳随着河水起伏，铁丝网上晾着几件T恤，一个光着上半身的男人走过粉红色的人造沙滩。沙滩上一个男孩举起了胳膊，刘珍也朝他举起胳膊，摄影师并没注意到，范明从烟盒里抽出一支烟，递给了摄影师。摄影师让她抬高一点下巴，她昂了昂头，看着烟灰顺着风飘走，沙滩上的男孩再次举起了胳膊，他经过的时间只是胳膊的一上一下。她还在笑，母亲也在那盘西红柿炒蛋前笑，她笑得快打嗝了，范明还紧紧地搂住她的肚子，拗出一副甜蜜的模样。小佟还在桌上酣睡，红领巾软塌塌地靠着他的夹克衫，夹克衫胸前绣了两朵花，一大一小。小刘珍问过小佟，为什么选胸前两朵花的衣服，小佟挠着头笑笑，说，这是他爸用烟头烫出来的洞。小刘珍见过小佟母亲，穿着一袭红裙，腿上绑着黑丝袜，推着一辆自行车在学校门口接小佟。小佟跨上了自行车后座，和小刘珍挥手再见，小刘珍看见小佟母亲的小腿肌肉凸起来，又消失，消失的暗影里有两个洞，也像是烟头烫出来的。小刘珍回家，翻母亲的衣橱，怎么也找不到一件红裙子，父亲出差回来时，小刘珍央着他去国润三楼给她买了件红裙子。化妆师给她仔细地描眉，说刚才那件红色的秀禾服很适合她，为什么选了这件蓝色的？刘珍耸肩一笑，她喜欢蓝色。化妆师给她描了挑眉，又描了平眉，她看着自己的眉毛一截截矮下去，化妆灯的白光在空中晕出了一个圈，一把套住了她的脖子。小佟再次转过头，问小刘珍，你确定全文背诵吗？小刘珍点点头。

假如生活欺骗了你，不要悲伤，不要心急！忧郁的日子里须要镇静：相信吧，快乐的日子将会来临！心儿永远向往着未来；现在却常是忧郁。一切都是瞬息，一切都将会过去；而那过去了的，就会成为亲切的怀恋。

小佟在那里摇头晃脑地背着课文，小刘珍一手托着腮，望着窗外的天。乌云涌动着，躁结成一大团，漏出一绺绺白金色的光，洒在操场的单杠上。一声哨声，学生们从单杠处四散，只有一个矮小的女孩，撑着单杠努力让自己直立起来。范明领着刘珍去办了结婚证，顺着西康路往前，一排排都是民国建筑，刘珍问范明，这些建筑里还住人吗？范明说，这里怎会住人呢，好多房子的主人已经过世了。金黄的墙壁上爬满了藤蔓，刘珍和范明请人给他俩照了张合影，刘珍喊了茄子，范明喊了田七，看看照片，两人笑得差不多，被风拍得噗噗响的藤叶，在照片上安安静静。民政局里也安静，一早来办结婚证的人不多，刘珍对范明说，将来你要是对我不好，我也可以一走了之的。范明搂紧了刘珍，不会的，我怎么会对你不好呢。刘珍在他怀里泛起了泪光，她想起了她的母亲，一趟一趟背着包裹，从以前的家里出来，背到新的地方去。回头还是走的西康路，一百年前的建筑一栋栋被他们甩到身后，刘珍问范明，我们能活到一百岁吗？回到范明家，婆婆做了一桌菜，说，你们结婚了，是个喜事，但你们要承担起责任了。刘珍望了望范明，他的头发戳出了脑袋，黑得像一把匕首。

母亲带着小刘珍到处考试，从一张试卷，到一沓试卷，出租房的书桌上，摆着小刘珍的奖杯，插在花瓶里的假花落满了灰尘，奖杯晕着金色的光芒。寺庙前的算命瞎子说，这小丫头会读书，将来过得很好。刘珍不明白，"很好"是怎么个好法，考上好大学是好，找个好对象是好，嫁个好人家是好，那这么说，世上很多人都过着很好的生活，除了被人说"过得很好"的她。在范明家过了半年，吃饭、睡觉、线上工作，刘珍问范明，结婚前该买五金了，婆婆找来她，说他们家乡没有买五金的习俗。刘珍回到了她租的公寓，一个人住了半个月，买菜、做饭、乘地铁上班，范明跑了过来，给了她一只表，说这是他奶奶传给他妈的，现在传给她。母亲也有过一只手表，戴在左手腕上，是父亲送她的结婚周年礼物。

小刘珍还在家里做作业，阳台上晾着清爽的床单，床头柜上摆着小熊，小熊下面压着漫画书，报亭旁又架起了棋盘。母亲神色慌张地跑回家，胳膊上擦出了血，左手腕的手表表盘碎裂了，布满了玻璃碎碴。我看是逃不掉了，母亲噗的一下坐在了床上。手表的时针停止了转动，秒针还在一左一右来回挣扎着。小佟头埋在胳膊弯里在那儿偷笑，小刘珍问他在笑什么，小佟说，他上学路上遇到一件好笑的事，小刘珍问什么好笑的事，小佟不回答，头埋得更深了，笑出了声响。拍毕业照时，母亲也来了，穿得素净整洁，她让小刘珍笑，笑得越开越好。照片拿到了，小刘珍一眼看到，那个穿夹克衫的是小佟，红裙子黑丝袜的是小佟母亲。他们都在那张照片里笑出了两排牙齿。

刘珍将手表放进了包里，走出房门。范明约好了，六点钟在钟表店见。上次回范明家，婆婆说要来看看她的手表，看着看着，眼角的皱纹掉了下来，说她的时间坏掉了。刘珍问婆婆，时间怎么会坏掉了呢？婆婆靠着椅子坐下，讲起了她年轻的时候，多么不容易，扶持家庭，将孩子拉扯大。刘珍陪她坐着，听她诉苦，她抹起了眼泪，问刘珍，她的父母怎么样了，她父母也不容易，刘珍在外面租房子住，她心里过意不去，肯定是家里房子小了，将来有个孩子怎么办。刘珍也陪她聊着，婆婆擦掉眼泪，问刘珍：你们总不会把钱吐干净吧？

刘珍朝前走着，水果店贩卖着刚上市的草莓，一张鸡蛋灌饼刚刚烙好，热气腾腾地摆在台面上。母亲在厨房里忙着饭菜，喊了一声，小刘珍跑过去，母亲的大拇指渗出了血珠，小刘珍问母亲，疼不疼，母亲一咬牙说，早知道不让他去家长会了。上次刘珍去税务局帮领导办事，遇到了长大后的小佟，他一身西装领带，很是个模样。他们俩匆匆对望了一眼，她还没问他他在上学路上遇到的好笑的事是什么。那时流行送圣诞节礼物，小刘珍在文具盒里摸到了一颗奶糖，一串纸星星手串，还有一张纸条：送给刘珍。小刘珍一看就知道是小佟的手迹，等他早锻课回来，问他，他不好意思地将胸口的两朵绣花往里面掖了掖。刘珍想到范明送给她的红玫瑰，摆在桌台上，慢慢枯萎了，发出阵阵的臭气。刘珍想将花的包装纸留下，包装纸沤出了一摊黄色的水渍，刘珍也扔了。桌台上空了出来，屋子里从来没有过红玫瑰似的。

前面的路突然邈远起来。前几年，父亲回来了，他还是问他们，杨利伟怎么样了，神舟五号要不要保养，外太空那里有什么。开始母亲还和他对话，父亲的声音越来越低沉，干脆不说了，坐在家里画画，画的最多的是一条红裙子，黑色的栅栏把它牢牢围着。婚礼快到了，刘珍带母亲去买红衣服，母亲看中了一条，试穿了下，看上去很满意，又问营业员要了一双黑丝袜，穿起来，左右转个圈。还真挺好看。母亲说。两人在德基外面的座椅上坐了很久，一群一群年轻人走过香奈儿的店面。母亲说，那个领导的女儿去国外定居了，听说领导也快被抓了。母亲还提到山上的那个算命瞎子，她上次去，瞎子出家了，用手摸着香烛点香。两人谈着笑着，又一群年轻人走过古驰的店。

刘珍到了钟楼广场，广场的地面是个钟表的形状，画着时针分针。起风了，地上的落叶转起来，转成一个飞速旋转的圆圈。刘珍跳过了时针，也跳过了分针。突然想起了婆婆说的话，她苦了大半辈子，现在觉得没意思，她的时间坏掉了。刘珍绕过了十点、十一点、十二点，一下子又回到了一点，她想起了她的父亲母亲，消失的时间去哪里了呢？离六点还有挺长一段时间，刘珍坐在钟表外沿的台阶上，想起那次喜宴，一群人举着酒杯在那儿哈哈笑，有个人西装扣都绷掉了，父亲在那儿点头哈腰，说了会儿话后，那群人走了，父亲带小刘珍离开，她挣脱父亲的怀抱，端着一杯汇源果汁，对着空旷的大厅，独自笑了起来。

牛奶公司放假了

　　刚开始母亲对范明没有表示不满意，让刘珍先处着。范明带刘珍去过不少餐厅，母亲一一知道，珠江路的泰餐好吃，金鹰的西贝莜面搞活动，华彩天地的鸡丝凉面很不错，圣诞节时，一家火锅店张开横幅"情侣拥抱打八折，情侣亲吻打七折"，母亲问他们打了几折，刘珍说他们在火锅店门口站了站，范明的手好像慢慢往上爬，碰了碰刘珍的手背，嗖地又缩回去了，服务员迎过来说客满了，两位需要等号，两人默契地走入了旁边的牛排店。母亲说她年轻时，圣诞节都出去大采购，华润国际商场、文峰购物中心、宏泰商城，圣诞节通宵营业，她这边转转，那边买买，刷爆了信用卡，等月底还钱时，她就跟刘珍她爸要，有的日用品往高里说，有的衣服往低里说，钱拿到了还是赚的。刘珍说，现在相亲可不管逛街的，逛街都是闺蜜约着逛，一边逛一边吐槽相亲对象，裙子买到手了，闺蜜俩又撺掇着说，谈什么恋爱，老娘自己赚钱自己养老，将来姐妹住到一栋楼里，今天打麻将，明天做指甲，哪天高兴了，喊那些卖保健品的小帅哥过来给她们按摩。母亲笑了，说你们还是太年轻，钱可不是那么好赚的。刘珍想反驳，母亲又说，你们又买裙子又做指甲，人家小帅哥眼里吊着金蟾蜍呢，要她说，现在就得捉些金蝌蚪。

范明起身去付饭钱，刘珍望着他，像是看到好几只金蝌蚪从他手指缝里钻出来，一蹦一个准，全都蹦到她向范明提前开口的情人节LV老花包里了。母亲告诉她，大表妹从浙江回来，穿着貂挎着包，脖子里围着亮晶晶的钻石项链，把人眼睛看花了。刘珍想起小时候，大表妹从旧衣服堆里抬起头来，辫子上扎着小姨用旧布条缝起来的头绳，脸上乱糟糟的，布着一群红紫的冻疮，眯着眼睛看小刘珍棉袄上缀着的蝴蝶结，小刘珍端着苹果、梨子过来，大表妹手起刀落，将它们挨个一劈两半。母亲说，大表妹洋气呢，脸尖了，鼻子挺了，单眼皮成了双眼皮，貂往身上一罩，很有那个明星范儿。刘珍拿大表妹送她的迪奥口红画画，红的天，红的地，这嚣张的红色不配她白皙的皮肤。母亲又谈起二表妹，那个榆木脑袋，嫁了个安徽的大学同学，现在还在租房子凑首付呢。刘珍又问小表弟，把房子卖了出国留学了这么多年，学位证拿到没，母亲摇头，说你也别急，国外有钱人家的华裔女留学生多呢，小表弟的俊俏模样，搭一个就赚了。刘珍说她也相过一个海归，一口一个Mary和Sherry的，刘珍问他说的是谁，他一会儿说是自家的猫，一会儿说是刚买的扫地机器人。刘珍后来说自己英语不好，和他有沟通障碍，海归回了一句:Goodbye, my dear Carry.刘珍把这事告诉闺蜜，闺蜜用东北话念了一遍，刘珍跑到德基的中庭栏杆上哈哈笑，笑着笑着两人朝底下喷口水，刘珍说，她还看见吊着的热气球摇了摇，里头好像真有个人，不上不下，不高不低。

闺蜜一巴掌拍了她脑袋，说你真当见鬼了。刘珍一个沉默，讲起上个月她走在马路上，前面一个人拖着一个大箱子走，轮子磕到石头，箱子一歪就散架了，刘珍跑去帮忙，箱子里装的全都是牛奶，拾掇好了，那个人举着两盒牛奶，问她想要哪个，刘珍看看不说话，箱子爆炸了，牛奶淹没了半条街。闺蜜还在笑，你就编吧你。刘珍头转向闺蜜：你说我选哪一个呢？

范明说带刘珍去夫子庙看灯会，她母亲打听过了，范明在浦口有套房，还没交付。年前母亲来过一趟，带刘珍去浦口转了转，夸这里生态好，以后刘珍可以去老山森林公园遛娃，刘珍说山上有野猪呢，母亲瞧了她一眼，说野猪肉可香了。刘珍请过好几次教练，肥肉没减去多少，肌肉练出来了，加上她体格大，看不出胖。母亲还很得意，说人家男孩找对象，优生优选都是一米六五以上，刘珍还是研究生毕业，比野猪肉还吃香。小刘珍曾经薅下同桌的一撮头发，母亲押着她给同桌父母道歉，小刘珍说是他先动手的，母亲把她的头按下去，拧了拧耳朵，非在她脸上挤出两滴泪，回了学校，小刘珍用橡皮筋拴住头发，还拴了个没响的炮仗，当着同桌的面，刺的一声蹿上天，掉到地上了，头发燃起来，噗噗冒着白气，臭鸡蛋的味儿把同桌熏哭了，小刘珍提起他的耳朵说，还不还卫岗牛奶和达能饼干？小刘珍总是躲在传达室后面，嚼着达能饼干，啜一口卫岗牛奶，等队伍散干净了，哗地把牛奶盒往围墙外面一扔，跑出来找母亲，看到母亲，又想到挂着两行泪的自己，使劲地用脚擂地上的井盖。母亲拉着她去试裙子，看中了，母亲给她买，一边付钱一边和小刘珍讲，将来刘珍有了婆婆，也别客气，做人家的儿媳，该有的就拿过来。母亲一边说着，小刘珍一边手揣在兜里拉裤子拉链，母亲特地买的小号，说刘珍吃饭悠着点，小刘珍嗯嗯点头，手指头快把衣服兜捅破了。小刘珍总是想，她把牛奶盒往墙后一扔，扔的次数多了，会不会牛奶公司专派几个员工过来，就在他们学校墙后等着，回收牛奶盒，再把剩下的牛奶撮合撮合。

刘珍提及范明请自己看元宵花灯的事，母亲瞥了一眼刘珍，说他家房子小，你那么多裙子摆在哪里呢？刘珍说房子还没拿到呢，虽然小，房型还是三室一厅呀。母亲说，

牛奶公司放假了

汉堡拆开来看是健康食品，房子拆开来看是三室一厅，把刘珍拆开来看，找不到一个心眼。刘珍说，老妈你怎么又变卦了，母亲耸了耸肩，说新介绍的那个约在德基西餐馆的男孩，家里两套房。

范明带她去过不少地方，吃日料，买香水，逛水游城，送施华洛世奇项链，算得上是相亲群英榜里数一数二的人物了。刘珍说情人节时想买个LV的老花包，他们办公室几乎每个人都有。范明把满口的溏心蛋咽了下去，说寿喜锅快没水了，他去喊服务员。刘珍对着锅面上腾腾的白气发呆，一根金针菇翘起了脑袋。范明回来时汗津津的，鬓角泛着白花，仔细看，又黝黑地一闪。刘珍讲起了她童年时的故事，除夕夜的桌子上，总是摆着一个铁制的鸳鸯锅，一边白一边红，小姨总是把红的一边对着小刘珍，知道她爱吃辣，两个表妹抗议，说她们也想吃口辣的。小姨舀起一口白汤，喂给年幼的小表妹，大表妹啪地摔了筷子，回房间了。现在大表妹嫁到浙江去了，围坐着吃火锅的人，少了一个又一个，刘珍也吃起了清汤火锅。范明听着，夹了一筷子肥牛给她，刘珍蘸了蘸酱油碟，大口嚼着，她还想继续说下去，肥牛在口腔里滚来滚去，牙缝里塞了一条肥肉丝。范明讲起他小时候，老是出去偷偷买跳跳糖，奥特曼跳着，他跳着，他的舌头也跳着。刘珍哈哈笑着，肥肉丝好像也蹿了出来。范明卷起锅里的面条，面汤湿漉漉地往下淋着。刘珍说，她小时候爱看《美少女战士》，家里电视全是雪花点，她就跑到邻居家看，为此她经常给邻居家那女孩写作业。范明说，他那时觉得天底下最好看的就是动画片，不明白大人们为什么喜欢看连续剧，他还记得名字,《天道》《不要和陌生人说话》什么的。刘珍说，她看少儿频道，大风车节目后面经常跟着《动物世界》，她喜欢看豹子捕猎，她还记得里面的解说，豹子是猫科动物中领地范围最大的，也是最强悍的捕食者之一，是了不起的伏击高手，它们能捕食各种各样的猎物，从小型猎物到两倍于它们大小的块头，它们往往都能大获全胜。范明听了笑起来，筷子也在啪嗒啪嗒闹。刘珍挑起一块冻豆腐，一小撮茼蒿掉了下去，她在想那个被她薅了的男孩，头发能不能再长回去，那男孩要是顶着一小块白皮去相亲，女孩的价码可得多加一套房子。范明吃掉了餐盘上最后一块寿司，提出他打的送她回去，刘珍问他什么时候买车，范明说快了，今天吃掉了新车的七颗螺丝。刘珍打了个嗝，提议在新街口转转，范明同意了，两人看了看德基的橱窗，也看了看金鹰里的快闪活动，各自坐了地铁，朝两个不同的方向。

刘珍躺在床上看天花板，要说喜欢，她年轻时也喜欢过一个男孩，姓佟，她借口打扫卫生，天天拎着扫把经过他身边，水珠滴了一路，有个长辫子的女孩说脏水滴到她鞋子里了，委屈巴巴的模样，那个男孩坐在她身后，刘珍细声细语地和她道歉，结果这个长辫子女孩和男孩在一起了。刘珍把那女孩的自行车车座拧松了螺丝，女孩好几天没来上学，说是骑车伤到了，回学校时，走路姿势都变了，屁股一扭一扭，长辫子一甩一甩，还举着塞在抽屉里的花，问是谁送的。上次同学会，还有人提这事，说这个女孩天天从她妈钱包里拿钱，买花送给自己。刘珍问她现在怎么样了，同学说，有个老男人给她买了套房，后来她离婚了，生了个孩子，天天和她们小区里的单亲妈妈旅游打牌买包包。姓佟的那男孩没来同学会，刘珍问了一圈，有人说前几年他发朋友圈，说在西藏朝圣，有人说他去云南开了一家民宿，还有人说他被一个富婆包了，天天养花护肤收藏文玩。刘珍想起高中那会儿，她坐公交车经过他家附近，对师傅喊过站了，下了公交车，绕着他家小区楼转了一圈，一到六楼都看了一遍，有面墙上贴着一张红纸"姜太公在此百无禁忌"，她偷偷写了一行字：佟大成爱刘珍，又将红纸蒙上去，想着那男孩某一天发现，追着公交车喊她的名字。刘珍不知道，过了这么些年，那张红纸是不是残了掉了，或者那男孩搬家了，沙发腿蹭到了红纸，刮掉了，男孩也没回头。刘珍看着看着，天花板旋转起来，外面烟火声响不断，今天是个好日子，旁边的烟酒行开张了，好像是给街道办事处送了礼，开业时放些烟花爆竹，图个彩头。刘珍觉得下巴上的痣痒。健身房的体操教练是男的，迈胯、扭臀，甩一甩裙上的须穗，学员一步步跟着，操房里四处甩着汗珠，斜着飞着，把刘珍下巴上的痣当靶心了。有次教练在她的梦里扭臀，一扭，无数个牛奶盒在天上飞，汗水混着牛奶，甩到她脸上，一点一个痣。闺蜜和她商量过，可以去医院点掉痣，母亲坚决不同意，说这是田宅痣，点了将来就没房子了。母亲说过，男方的基本条件必须要有房子，没房子还娶什么媳妇。刘珍来南京后，相了好几个，一个正在筹首付，一个在外地工作，没做好来南京的准备，还有一个说什么要两家一起买房，都被母亲回绝了。刘珍还没做好上一个的扫尾工作，就接着见下一个了。有一次，刘珍和新的相亲对象在星巴克喝咖啡，上一次的相亲对象带着个女孩在选三明治，刘珍想，四个人正好凑一桌麻将，想想又算了，这个前相亲对象真抠，晚饭请人家女孩吃三明治，要是麻将输了，非得当众飙眼泪不可。有个男孩续航能力强，请她逛德基，逛金鹰，坐在最顶层的餐厅里，俯观商场的全部，可就是不肯给她买条裙子。媒人问她进展，她说男孩子不主动，不肯追她。男孩给她买了一条针织围巾，讲起他单位的事，又讲结婚后，他可能会很忙，需要刘珍分担经济和家务的担子。后来男孩约她，她都不高兴去了，约了两三次，男孩也消失了。刘珍在德基闻香水、在金鹰试穿裙子时，想到那男孩正高高坐在商场的顶层，和另一个女孩俯观整个商场，便觉得兴致全无，回家又看到那条针织围巾，上面全是洞。

办公室飘着咖啡和奶油的味道，三两个人端着茶杯，讲谁谁家的媳妇拿了婆家多少钱，谁谁家的小孩吃坏了肠胃送医院，谁谁家三婶的女儿三十好几了还没对象，刘珍泡了一袋立顿红茶，站在那里听她们讲，讲着讲着，她们又问，小刘你找对象了没？刘珍点了一下头又连连摇头，一个大婶说小刘不愁嫁，一家有女百家求，又一个大婶说，挑来挑去也花了眼，看中哪个就领回家，什么情啊爱啊，婚前要讲清楚，房子车子的。刘珍连连点头，手里的红茶冷了，大婶们跑去隔壁办公室看她们养的洋甘菊和马蹄莲了。刘珍坐在办公室里，调着手里的牛奶咖啡，鼠标点着一个又一个新闻，有个人游泳过长江，就为了回老家过个年。刘珍半瘫在座椅上，看空调吹得值班表晃来晃去。她今天去和范明看花灯，明天去德基和那个男孩见面，后天说不定牛奶公司解散了，那些站在她们学校门口的员工，把剩下的牛奶全部喝光了。

　　刘珍裹紧了自己的呢大衣，这是母亲陪她买的，在金鹰Max Mara专柜，当时花了大半个月工资，母亲说这是装修费，装点门面的，门面亮堂了，自然有贵客，回头客还不少呢。刘珍左看看，右摸摸，想起自己在婚房里转圈照镜子的场景，一咬牙就付了款。这些个没长眼的男孩，没一个夸赞她大衣的，那个给她买针织围巾的还说，这大衣领口低，用围巾挡一挡，刘珍差点没翻个白眼，敢情这围巾是用金丝银线绣出来的。地铁一轮轮地刷过去，刘珍看着自己下巴上的痣忽隐忽现、忽明忽暗。一个女人身上的香水味熏得她头昏，身体摇来倒去，招呼到旁边男人身上去了，男人看了她一眼，继续在那儿讲电话，这个一千万要拿到，那个五百万过两天打到他的账上来。刘珍挤挤挨挨，好容易钻了条缝，从三山街站下了车。一大帮大学生风风火火地在前面走着，把柱子上的广告牌都遮得不留一丝光。刘珍紧着步子，松着步子，才看清广告牌上的明星是易烊千玺，办公室的大婶们可喜欢他了。出了站台，前面那帮大学生停住了脚步，哄闹起来：答应他，答应他！刘珍回眼一看，一个干瘦的男孩背包拉开了一条缝，手里捧着一捧蔫了小半边的玫瑰，单膝跪地，朝着一个身着白裙灰大衣的女孩。女孩妆容精致，一头瀑布般的长发保养得不错。刘珍还想多看几眼，人流把她推到罗森便利店这儿了，她只能听到那群大学生的喊声淹没在车流的轰隆声中。白气冒上来，馒头铺台前摆着青团米果，一个头发乱糟糟穿着睡衣的中年女人买走了六个青菜包。刘珍想起了自己的小姨，擀面发面的手艺好，有段时间出去摆摊，做米摊饼油条，生意好了一阵，结果斜对面那家米面店去举报她，说她米摊饼里掺了违禁的发酵粉，赚的钱全都搭进去了。一个酒糟鼻的男人喊起来，帮我斩只鸭子，猪耳朵来个半斤。刘珍拽了拽大衣，融入牛奶般稠密的人流中。

范明在路口等着，他背后的气球擦在他肩膀处，好像稍一用力，就能把他带走似的。刘珍问他吃过晚饭没，范明说没呢，夫子庙的梅花糕不错，还有酸辣粉、臭豆腐，咸亨酒店在这儿开了个分店。刘珍嗯嗯了几声，瞧着范明的外套，袖口的纽扣掉了一个，黑色线头冒出来，风一吹，又把它抟下去了。两人给安保人员看了健康码，刘珍的包顺着传送带到达另一头。不多久就是情人节了，刘珍想象着老花包的形状，两只手一拢，就轻轻地把它抱起来了。范明头顶上亮着一个花灯，往前走着，花灯中间的童子一点一点冒出来，又走了几步，刘珍看见童子踏着七彩祥云，手里的鲤鱼油光水滑的。刘珍想起自己结婚后，还得生小孩，母亲和她说，女人生小孩是很辛苦的，要找个条件好的婆家，女人不吃苦，孩子也不吃苦。刘珍也看过那些公众号，未婚先孕，婆家把媳妇拿捏得死死的，啥也不肯出，彩礼也不给娘家，还有结婚了的，媳妇生小孩难产，婆家居然和医生说保小。母亲说，结婚前别委屈自己，结婚后更别委屈了自己。刘珍问过母亲，那个约在德基西餐馆的男孩长得怎么样，母亲嚷起来了，外表重要吗，人家工作好，南京还有两套房。母亲夸过大表妹，豁得出，人家就拿得多。大表妹来送刘珍口红时，袖口露出串卡地亚，转一下，闪一下，还转个不停。上次二表妹夫妇请刘珍聚聚，临走前，二表妹和她说，她姐姐也不容易，到现在婆家也就给她买了五金装面子，房产证上没有一个是有她名字的，婆婆还不肯请保姆、月嫂，让她姐姐自己带孩子做家务。刘珍的痣痒起来了，她用手去抠，想起那个在操房里扭臀的教练，他好久不来了，听说被一个女学员的老公喊人打了一顿。范明站那儿买了份臭豆腐，问刘珍需不需要辣酱，臭豆腐捧在手里热乎乎的，刘珍心头一动，范明和她讲过，他在学校里成绩很好，高考志愿填得不如意，到了大学，门门优秀，本来可以保研的，名额被系主任的儿子抢走了。刘珍也给他讲了自己大学里的故事，什么学游泳、去社团、上乒乓球课的，讲到高兴处，两个人拍着餐桌笑，火锅咕咚咕咚冒着泡，白雾蒸腾中，刘珍看着范明眉眼清秀，心一暖，手掌心也潮润了一点。范明指着秦淮河上的画船问刘珍，想不想去坐一下，两岸风景挺美的。两人跑去看，标价七十五一人，刘珍拽了拽范明的袖扣说，算了算了，我们还得去看花灯呢。走在路上，两人还去茶歇店转了转，试吃了不少点心，喝了花茶，玻璃窗上映出了他们哈哈笑的嘴巴。刘珍和他讲小时候摔跟头的故事，马尾辫一耸一耸的，范明又去买了新出的奶茶，吸一口悬在上面的三个白丢丸子，又将牛奶上浮着的奶油啜吸得嗞嗞响。刘珍看着些许白色汁液溅出来，想起在德基的那家西餐馆，刀叉摆好了，座位已经被服务员收拾得干干净净，等着她的温度。

两人谈起了各自的朋友，范明的发小去北京混了，模样长得好，跟在一个有头有脸的老男人后面做事，上次回家，带了个男朋友，他妈把他男朋友轰了出去，还把他一头绿色头发剃成了板寸。刘珍谈起她的闺蜜，高中时谈了恋爱，毕业后分了，大学时还来找她，后来发现那男孩有三个爱情根据地，果断又分了，后来男孩又来找她，分分合合，她现在的男朋友还在师范读研究生，她周末跑去和他互动互动，其他时间，去健身房找教练聊天，去美容院找小哥打水光针，楼下的快递小哥，还请她喝过奶茶。刘珍问他，和发小有联系了没，范明摇头，说高中毕业后就不联系了，去年接到了个陌生电话，是他发小的声音，不说话，就在那儿哭，范明以为他失恋了，安慰他，他哭了半天，喊了一声，你说人生有啥意义呀？范明存了这个电话，后来抖音推送了通讯录好友视频，发小在那儿直播带货，嘴巴脸颊一样红。刘珍在那儿笑，说她闺蜜有阵子也想开个直播，进了一批瘦身腰带，结果带子太短，能围上的人都不用瘦身，闺蜜送了她两个，左腿一个，右腿一个。范明听了也在笑，秦淮河里的水灯一浮一沉。两人来到了花灯节入口，拥着一群人，排了会儿队，范明直接扫了挂在棚子边沿的二维码，叮的一声，两人跑去检票口了，检票口周围还是在地铁站上遇到的那群大学生，没看见白裙灰大衣的女孩，只看见那个干瘦的男孩，手里啥也没有，背包瘪了。范明进了检票口，招手让刘珍进去，她回头望那个干瘦男孩，男孩也把脸朝向她，花灯的华彩在他年轻的面庞上匆匆划过。

　　站在入口前的是一对门将花灯，身上红的绿的紫的都有，刘珍用手机拍了几张照片，被秦淮河里的莲花花灯吸引过去了，粉紫的花瓣往外透着金光，有一片花灯上缀着一只雪白透亮的兔子。到了元宵节，小姨就给他们一群小朋友扎花灯，用竹丝做骨架，纸糊住表面，再刷上一层油，小心地将蜡烛放在底托。小刘珍持着花灯在外面玩，感到尿急回家，母亲和小姨在内屋聊天，她听到几句，母亲说嫁到这样一个人家，委屈她了，没享到福，还要她生儿子，小姨低声说了几句，小刘珍没听清，一泡尿撒在痰盂里，发出炮仗般大的声音，内屋没再说话，小刘珍又拿着花灯出去耍了。到了刘珍上高中，母亲带她回老家，家里没地方住，母亲和她住在了内屋里，半夜刘珍醒来，看着母亲坐在她身边，她问母亲怎么了，母亲说看见她的小姨了，

　　　　　　　　　　　　　　牛奶公司放假了

高高地悬在半空，像个热气球。说着母亲声音低了下去，脸埋在了阴影里。小姨被放下来时，家里人一直没让小朋友们看她，计生办的人也没再来收罚款。范明问她在想什么呢，刘珍笑笑说，明天我们单位开会，估计要求我们收收心。范明开始聊起他们领导迟到的事，刘珍思绪飘远了，眼睛往四面八方放，瞧到飞天花灯下面亮盈盈地闪着一个圆环，刘珍跑去蹲了下来，捡起来仔细一看，是个易拉罐环，套在食指上不行，套在小拇指上也不行，范明走来看着她，她往秦淮河中望去，波光潋滟，一层一层舔着画船，人影一漂一漂。范明问她怎么走神了，刘珍把易拉罐环向上一抛，易拉罐环和牛奶盒一并被扔到了墙后。她问范明想不想买钻戒。范明愣在那里，刘珍又说，她家还在给她物色对象，如果想定，就拿出诚意来。范明眼神在地上注视了许久，好半天才说出话来，说他舅舅是省政府的一个主任，看中了他们单位新进来的一个女公务员，女孩家境也不错，刚在南京买了套房子。刘珍问范明什么意思，范明看了看飞天花灯的彩色飘带，说，他妈妈到现在还没买过一个LV的包，而这个包太贵了，他一直在犹豫，主要他和刘珍也聊得来，两人在一起说了不少话，感觉挺不错的。刘珍瞪大眼睛看着范明，下巴上的痣痒起来，这时她不想去抓，可是痣越来越痒，快把她的下巴涨破了。让你买LV包是瞧得起你，刘珍说，我也觉得和你聊得来，你早点说，我就通知另一个相亲对象买了。范明的目光从飘带上移走，落在飞天饱满的面颊上。飞天面颊的光照在了范明的脸上，眼镜腿亮得像个刀片，一点一点剃着他鬓角的头发。刘珍想起了那个被她薅掉一撮头发的男孩，说不定已经结婚了，老婆在厨房里忙菜，他躺在沙发上，跷着二郎腿，一页页地查看股市情况。

刘珍冲了过去，一把抱起了范明，有点坠手，范明还没反应过来，但这么推着搡着，范明被她扔到了秦淮河里，河面激起了老大一片水花，一圈·圈漾出去，花灯的彩光也一圈一圈破碎、整合、破碎，像是那朵粉紫色的莲花灯盛开了，又剥落，里面冒出金色的莲花，又剥落，里面又冒出奶白色的莲花。刘珍想起那个举着两个牛奶盒问她要哪个的人，看来牛奶公司是放假了。

"信不信我一把火把这儿烧了。"刘珍说。

后记

恰似光明和岛屿

小说就像一盏聚光灯，在人群中匆匆扫过年轻的年老的、男的女的、高的矮的人的面孔。每个人都有在生活的舞台上被照亮的瞬间。灯暗了之后，你还得混入人群，继续生活。那道光就像一个梦，在梦中，你遍数了你的一生。

我的小说处女作就来自一个梦。那时我在南京大学读大三，是个普通大学生，上课、下课、打卡，像个机器人一样，在图书馆一坐就是一整天。我脑子里有许多机器人的编程，我童年的生活、少年读的书、大学时的经历，它们像无数的〇和一，被组合成了不同的元素与程序，把我自己也吓了一跳。作为机器人的我，写下了几道被称为"小说"的编程，上网找了杂志邮箱，不抱希望地投了稿，没想到被采用了。南大的毕飞宇教授给了我极大的鼓励，他给我的小说《佛罗伦萨的狗》写了推荐语，我的机器人脑袋差点死机：小说就是这么写出来的吗？其实，每个人都有自己的编程，有人十八岁就创业，有人二十八岁找到工作，有人二十岁结婚，有人三十五岁恋爱。作家是最"英雄不问出处"的人，无论是谁，都可以拿起笔来写作，现在传播途径非常多，这是一个"英雄辈出"的时代。

随着时间的流逝，我们"90后"作家已经站在了而立之年的附近，迎面而来的是更大的、更具体的挑战。毕飞宇教授提出过，作家要有"第二口气"的说法，我深以为然。在第一口气时，很多作家喘得都很漂亮。年少的写作带着天然的激情，在闪光中也有泥沙俱下。每个人都会成长，年少的激情退潮后，岸上留下的，都是具体生活的玻璃瓶、臭袜子和鱼骨头，我们曾经在时代的浪潮里乘风而行，我们也曾以为年少的浪花会越涨越高，而生活的真相在岸边裸露出来时，我们的写作也必须落下地、走上岸，走入摸得着的人群之中。刚开始写作时，我曾经给自己立下标准："为小人物立传"。为小人物立传，是一个作家在炭一般平庸的生活中提取阳光般璀璨的钻石的过程，有时作家要把自己当成一块炭，接受高温的炙烤。这几年我的写作也在努力抽枝拔节、提炼钻石，我一直在写"刘珍与范明"的故事，他们是一对"90后"夫妻，一对在大城市南京打拼的"小人物"，我描写了这对在南京的年轻人的婚姻爱情生活，同时借着年轻人的视角，去观察他们父辈、爷爷辈的婚姻与家庭，不同的时代造就了不同的一代人，我们这一代"90后"如何面对长辈们的传统婚姻观念与历史时代问题？作为新南京人，又如何看待南京这座伤痕累累又越挫越勇的城市？我试图通过"刘珍与范明"这一对青年男女的故事，去探讨祖孙三代人之间的各种或离奇或幽默或感伤的鸿沟，展现了这一代全新上架的新新人类"90后"，如何在不断内卷的社会中艰难地前行，在传统与现代观念的婚姻里努力地呼吸，在日新月异的时代里承受山一般重量的尘埃。该面对的他们都面对了，生活中的各种问题，婆媳矛盾、工作困境、生存压力、性格磨合，买房、彩礼、原生家庭、升职加薪，还有父辈、爷爷辈的时代问题，我想写出这代年轻人心中的月亮，还有他们生活中不得不争取的六便士。面对月亮，他们有一腔柔情，低头看路，他们也在寻找六便士。在生活与时代的大海里，我们都是一朵朵浪花，在城市的潮流中，我们也只是一小朵浪花，而浪花拥抱大海的方式，就是融入它，仔细地体会它，写出属于这个时代的南京年轻人的故事。

我在这个名为"小说"的大海里遨游，也有近十年时间了。说实话，我只是想写出一些在生活中让人微微发愣的瞬间——疲惫的父亲剥橘子时指甲盖上的橙色、公交车缓缓开来时孩子在车玻璃上哈气画的画、夕阳照得掉漆的阳台上旧耐克鞋泛光的徽标、商场里的少年挺着胸背着手从扶梯上缓缓走下来的脚步，这一切都能让一个作家的胸膛微微发烫。似乎一个作家有了一种双重生活，就像游泳一样：抬头，阳光照亮我们，我们大口呼气，这是我们的日常生活，我们要热气腾腾地活下去；低头，是无尽温柔的海水，我们到了另一个世界，这里有生活的岸上所没有的生物，像名词一样炫彩的贝壳、像动词一样迅猛的鲨鱼、像形容词一样充斥着整个大海的盐分、像细节一样不容我们忽视的鲸鱼，还有像结尾一样引人驻足的水母，这一切都构成了小说的大海。

其实在生活中，小说家也是他们笔下的"小人物"，为了买一送一的面包等到晚上八点，得到一笔稿费和朋友去吃大餐，出门坐地铁时想象自己在御剑飞行，在超市打折时抢到最臭的那个榴梿。小说家们都过着一种平淡而真诚的生活，真诚在于，他们把对生活的表白都写在小说里了。在小说家的第二重生活中，我们成了调兵遣将的"文字将军"，这个动词放在哪儿、这个名词删不删除、这个细节怎么改动，我们说一不二。在小说家的双重生活中，我想写出某些已经消逝的东西，某些无法定义的东西，一些狂风巨浪后还存留在一些地方的东西。佛教中，有一句话叫"求岛即成岛，欲灯化为灯"，说的是商人为了寻宝，常年漂泊在大海中，非常疲惫。于是神便化为岛屿，让他们得以休息，解救他们于惊涛骇浪之中。世人孜孜矻矻，常年不见光明，神便成为照明的灯。岛屿、路灯、船只、光明，这些都是我们所求。然而，成为自我的岛屿，需要阵痛。成为他人的岛屿，需要勇气。也许我的某篇小说，能成为某个人的岛屿。也许我见到的某个人物，能成为我自己的光明。这便是对作家最高的奖赏。

感谢作家出版社的慧眼，让"90后"的刘珍与范明和大家见面。感谢才华横溢的唐映枫先生，他特别为我的小书作了热情洋溢的序文。感谢一直给予我帮助的张莉、何平教授与陈震先生的联合推荐。感谢我的责任编辑陈亚利老师。小说创作本来是一场长跑比赛，前面的路还很长，但我记住了陈震先生那句著名的译文：万物皆有裂隙，那是光照进来的地方。

庞　羽

2025. 6. 8

图书在版编目（CIP）数据

刘珍与范明 / 庞羽著 . -- 北京：作家出版社，
2025.8. -- ISBN 978-7-5212-3354-4

I. I247.7

中国国家版本馆 CIP 数据核字第 2025U42L11 号

刘珍与范明

作　　者：庞　羽
责任编辑：陈亚利
装帧设计：丁奔亮
出版发行：作家出版社有限公司
社　　址：北京农展馆南里 10 号　　　邮　　编：100125
电话传真：86-10-65067186（发行中心）
　　　　　86-10-65004079（总编室）
E-mail:zuojia @ zuojia.net.cn
http://www.zuojiachubanshe.com
印　　刷：北京尚唐印刷包装有限公司
成品尺寸：130×185
字　　数：130 千
印　　张：8.5
版　　次：2025 年 8 月第 1 版
印　　次：2025 年 8 月第 1 次印刷
ISBN 978-7-5212-3354-4
定　　价：39.00 元
